U0131068

畫虎藍

馮翊綱 劇本

畫虎藍

目次

第一部　畫虎藍

【上半場】

段子一　三人成虎

宋少卿：今年是虎年。

馮翊綱：對。

宋少卿：我們來說幾句唬爛話吧。

馮翊綱：什麼？

宋少卿：說幾句吉祥話吧。

馮翊綱：年都過了多久了？還說吉祥話？

宋少卿：不論什麼時候，大家總是盼望吉祥如意，生活平安幸福。

馮翊綱：你少惹事，我們【相聲瓦舍】就平安幸福了。

宋少卿：你怎麼這麼說呢？

馮翊綱：我說的是經驗。
宋少卿：都是「三人成虎」。
馮翊綱：什麼「三人成虎」？
宋少卿：同一句話，說上三遍，人們就相信了，這叫「三人成虎」。
馮翊綱：是句成語？
宋少卿：一個人，突然跑進來，慌慌張張的說「外面有隻老虎」。
馮翊綱：有點匪夷所思？
宋少卿：令人難以相信。
馮翊綱：對。
宋少卿：然而，第二個人跑來，急急忙忙的說「外面有隻老虎，咬人了」！
馮翊綱：還是不合常理？
宋少卿：光天化日的，太突兀了。
馮翊綱：就是。
宋少卿：但是，這時候第三個人來了，氣定神閒，不慌不忙的說「剛才一場車禍，動物園運老虎的車子翻車，老虎跑了出來，咬死人了」！

馮翊綱：啊？

宋少卿：聽起來怎麼樣？

馮翊綱：非常真實！

宋少卿：關鍵是，那是第三個人說的，前面兩個人雖然說得不清不楚，卻為這第三個人做了最好的鋪陳。

馮翊綱：是個高招呀！

宋少卿：人們從完全不信，轉而為深信不疑。

馮翊綱：打從心裡相信了。

宋少卿：經驗告訴我們，編一套謊話，要有細節、要有系統、要有戲劇性。

馮翊綱：戲劇性是什麼意思？

宋少卿：把你唬得一愣一愣的，吹鬍子瞪眼，好好笑。

馮翊綱：好哇！你平常就是這樣騙我的呀？

宋少卿：哎呀，做人不要那麼嚴肅，輕鬆點。

馮翊綱：你安分，我就輕鬆。

宋少卿：學長，你有沒有想過，有沒有一種可能，就是我們【相聲瓦舍】辦得太成

功，以至於招來別人眼紅？

馮翊綱：人在江湖，難免不知不覺，得罪過別人。

宋少卿：有沒有一種可能，有人惡意中傷我啊？

馮翊綱：若要人不知，除非己莫為。

宋少卿：有沒有一種可能，「三人成虎」，我是被故意塑造成危險人物呀？

馮翊綱：「伴君如伴虎」呀。

宋少卿：從前有一個老虎。

馮翊綱：直接說起來呀？

宋少卿：變化成人形，娶了一個老婆。

馮翊綱：誰願意嫁給老虎呀？

宋少卿：女人不知道他是老虎，以為是個住在山裡的獵人。

馮翊綱：上當了。

宋少卿：老虎很疼愛自己的妻子。

馮翊綱：倒是難得。

宋少卿：有一天，來了兩個朋友，也是老虎變的。

馮翊綱：危險。
宋少卿：那麼怕老虎幹嘛呀！朋友是來喝酒的。
馮翊綱：酒後亂性呀！
宋少卿：丈夫提醒妻子，「我們一定會喝醉，大男人說不定會有什麼亂七八糟的事情，妳一個女人家不可以偷看喲。」
馮翊綱：這話是什麼意思？
宋少卿：老婆的好奇心很重。
馮翊綱：越叫她不要看，越是想看。
宋少卿：聽到房間裡沒聲音了，確定他們都醉倒了，偷偷看一眼吧？
馮翊綱：偷看老爺們兒酒後失態。
宋少卿：喝醉了，都現出原形，是三隻大老虎！
馮翊綱：哇！
宋少卿：三隻都是公的。
馮翊綱：怎麼知道？
宋少卿：每隻都有一根兒長長的……

馮翊綱：什麼東西？
宋少卿：老虎尾巴。
馮翊綱：嚇我一跳。
宋少卿：你以為我要說什麼？
馮翊綱：沒什麼。
宋少卿：女人故作鎮定，裝作沒事。
馮翊綱：這還沒事？
宋少卿：等丈夫醒了，老婆提出要求，說想回娘家。
馮翊綱：想逃跑了。
宋少卿：丈夫要陪著一塊兒去，拜望丈母娘。
馮翊綱：哎呀。
宋少卿：夫妻倆要過一條小河，老婆很快就涉水而過。
馮翊綱：貓怕水，不敢過。
宋少卿：錯，老虎就是不怕水的大貓，就看丈夫撩起衣服準備涉水……老婆故意開玩笑取笑他……

馮翊綱：說什麼？

宋少卿：「喲！長長的那一根兒，什麼東西？」

馮翊綱：夫妻之間的事情，不要大庭廣眾的說。

宋少卿：「我好像看到你的那根兒……」

馮翊綱：我不想知道……

宋少卿：「長長的一根兒……」

馮翊綱：我不想聽……

宋少卿：「長毛的那根兒……」

馮翊綱：不聽不聽狗來聽……

（頓。）

宋少卿：你幼不幼稚？

馮翊綱：嗯。

宋少卿：我是說，「那根兒老虎尾巴！」

馮翊綱：老婆給他說破了。
宋少卿：老虎一聽這話，非常羞愧。
馮翊綱：老虎不生氣呀？
宋少卿：「我的尾巴，被妳看到了，我已經完全沒有祕密了。」變回原形，逃進山裡去了。
馮翊綱：我還以為他會惱羞成怒呢？
宋少卿：人們總是誤會老虎，故意破壞他的名聲。

（頓。）

馮翊綱：我懂你說這個故事的用意了。
宋少卿：真的嗎？
馮翊綱：我們搭檔三十多年了，你的那點小個性，我還不知道嗎？
宋少卿：哪有……
馮翊綱：宋少卿先生。

宋少卿：好說好說……
馮翊綱：天資聰穎。
宋少卿：不敢不敢……
馮翊綱：才華洋溢……
宋少卿：哪裡哪裡……
馮翊綱：相聲大師！
宋少卿：那是那是！
馮翊綱：有什麼心事，直接說出來！
宋少卿：你看，我也沒說什麼，一眼就被您看透了。
馮翊綱：三十多年了嘛。
宋少卿：確實，有一個重要的訪問。
馮翊綱：哦？
宋少卿：是一個世界華人網路平台，總部設在美國舊金山，他們聽說【相聲瓦舍】，是當今華人世界，喜劇藝術的翹楚！
馮翊綱：是吧？

宋少卿：想要從我的眼睛，來看您！
馮翊綱：我？
宋少卿：馮翊綱教授……
馮翊綱：好說好說！
宋少卿：您文筆好。
馮翊綱：不敢不敢！
宋少卿：您學問好。
馮翊綱：哪裡哪裡！
宋少卿：最重要的，您心地善良。
馮翊綱：那是那是！
宋少卿：【相聲瓦舍】能有今天，都是仰賴您的英明領導。
馮翊綱：過獎過獎。
宋少卿：我是個什麼東西？
馮翊綱：別這麼說。
宋少卿：愛喝酒、愛遲到、愛唬爛，是個惹禍精！

馮翊綱：我不許你妄自菲薄！
宋少卿：嗯？
馮翊綱：【相聲瓦舍】如果沒有你，不會有今天。
宋少卿：怎麼說呢？
馮翊綱：喜劇的表現，關鍵在演員。沒有你精湛的表演，我，充其量只不過是個刻板、平凡的書呆子，絕不可能有什麼發揮。【相聲瓦舍】的成就，我們兩個都有貢獻，甚至於御天十兵衛，他也有貢獻！
宋少卿：那黃士偉呢？
馮翊綱：他……當然也有貢獻。
宋少卿：（低聲）一不小心差點又得罪人。（回正常）我覺得你的意見非常好。
馮翊綱：我向來說得是良心話。
宋少卿：學長，關鍵時刻，還是自己兄弟可靠。
馮翊綱：是吧。
宋少卿：馮翊綱教授……
馮翊綱：好說好說！

宋少卿：您文筆好。
馮翊綱：不敢不敢！
宋少卿：您學問好。
馮翊綱：哪裡哪裡！
宋少卿：最重要的，您心地善良。
馮翊綱：那是那是！
宋少卿：這樣，我想按照你說的，一字不漏的，對外發表。
馮翊綱：喔？
宋少卿：可不可以請你完整示範一次，我照樣學下來。
馮翊綱：別人提出這種要求，我打死也不信。
宋少卿：嗯？
馮翊綱：但是你不同。
宋少卿：我怎麼不同？
馮翊綱：宋少卿先生。
宋少卿：好說好說！

馮翊綱：天資聰穎。
宋少卿：不敢不敢！
馮翊綱：才華洋溢。
宋少卿：哪裡哪裡！
馮翊綱：相聲大師。
宋少卿：那是那是！
馮翊綱：我說的話，你一字不漏的記下來，絕對沒問題。
宋少卿：絕對沒問題！
馮翊綱：那……我說了？
宋少卿：您請說。

（略一停頓。）

馮翊綱：各位全世界愛好相聲、愛好劇場、愛好表演藝術的朋友，大家好！
宋少卿：好！

馮翊綱：我是【相聲瓦舍】的創辦人馮翊綱……

宋少卿：我是宋少卿！

馮翊綱：他是我的搭檔！

宋少卿：他是我的學長。

馮翊綱：他是我兄弟！

宋少卿：他是我親哥哥！

馮翊綱：宋少卿是個善良、浪漫、活潑、才華出眾的大明星！

宋少卿：說重點！

馮翊綱：宋少卿一點都不壞，反而，馮翊綱其實也沒那麼好。

宋少卿：說細節！

馮翊綱：宋少卿犧牲自己的形象，故意闖禍，都是為了製造宣傳效果，同時襯托我馮翊綱這個人的刻板、無趣。

宋少卿：一個人有自知之明，是好的。

馮翊綱：這些年，外界都誤會、委屈了宋少卿，其實，關於他的種種傳言，都是為了【相聲瓦舍】的發展而宣傳，為了掩飾我馮翊綱的平庸無能。

宋少卿：這個人太誠實了！
馮翊綱：宋少卿天資聰穎！
宋少卿：哎！
馮翊綱：宋少卿才華洋溢！
宋少卿：喔！
馮翊綱：宋少卿相聲大師！
宋少卿：好！
馮翊綱：你覺得這樣說好嗎？
宋少卿：說得太好了！
馮翊綱：是嗎？
宋少卿：尤其是從你的嘴裡說出來，更增加了可信度。
馮翊綱：你都記下來了？
宋少卿：我為什麼要記下來？
馮翊綱：你不是要接受專訪？
宋少卿：直播主在觀眾席，剛才已經直播啦！

馮翊綱：我？

宋少卿：對，你又被唬爛了！

（本段結束。）

段子二　虎父犬子

十兵衛：俗話說「虎父無犬子」。

巫明如：「父是英雄兒好漢」。

十兵衛：說明了好爸爸必然養出好兒子。

巫明如：以及好女兒。

十兵衛：然而，我深深惶恐。

巫明如：怎麼呢？

十兵衛：我當爸爸了。

巫明如：恭喜恭喜！

十兵衛：看著孩子一天天的長大，我一天天的害怕。

巫明如：害怕什麼呀？
十兵衛：我怕我不是一個好爸爸。
巫明如：您多慮了。
十兵衛：妳不知道，我的爸爸太偉大。
巫明如：爸爸在孩子的心中，都是偉大的。

（略一停頓。）

十兵衛：妳不認識我爸，妳不知道真相。
巫明如：那，改天登門拜訪，認識認識伯父？
十兵衛：可以。
巫明如：太好了。
十兵衛：得先預約。
巫明如：行程很滿？
十兵衛：拜訪的人很多。

巫明如：得管制人數。

十兵衛：經常從門口，沿著巷子，一路排到大馬路上。

巫明如：是買蛋捲？還是求發財金哪？

十兵衛：領到號碼牌之後，下午來等叫號，錯過重排。

巫明如：又變成領口罩了。

十兵衛：叫號，進入參拜，可以問問題，但不等於一定有答案。

巫明如：我懂了……聽起來，令尊恐怕是一位「半仙」級的大師？

十兵衛：不是半仙，我爸根本是神仙。

巫明如：啊？

十兵衛：敕封「天地無極雷霆虎藍潘府王爺」，俗稱「虎藍元帥」。

巫明如：這……意思是？

十兵衛：我爸是一位神仙。

巫明如：啊？

十兵衛：妳……彷彿不信呀？

巫明如：我幹嘛「彷彿」呀？聽你「話唬爛」！

十兵衛：妳看，這就說明了我的困擾，我爸爸偉大到說出來都沒人信。
巫明如：恐怕您得舉出一些具體的例子，證明一下。

（略一停頓。）

十兵衛：我爸當年在一家公司，擔任顧問，專門向董事會提出建言。
巫明如：智囊。
十兵衛：很可惜，連續幾任董事長都不相信他。
巫明如：哦？
十兵衛：這家公司專門經營度假村。
巫明如：休閒觀光產業。
十兵衛：有一座延伸步道，架在水池上，釣魚很方便。
巫明如：是「釣魚台」嗎？
十兵衛：遊客來了，都喜歡擠到台子上，照相、開直播。
巫明如：人太多了，危險。

十兵衛：尤其是陸客，總是鬧哄哄，擠在上面都不讓。
巫明如：阿六仔是挺煩。
十兵衛：日本客人來了，站在旁邊擺臉色。
巫明如：這下該怎麼辦？
十兵衛：我爸建議董事長，不要發表意見，將陸客、日本客的行程錯開。
巫明如：明智之舉。
十兵衛：偏偏還有一些台灣本地的散客，也想拍照，遇到陸客團經常起衝突。
巫明如：這不太好。
十兵衛：陸客仗著人多，理都不理。
巫明如：唉……
十兵衛：台灣散客遇到日本團，也起衝突。
巫明如：這太不好了。
十兵衛：日本客假裝聽不懂，也是理都不理。
巫明如：與人為善，算了吧。
十兵衛：董事長忍不住了，我爸苦勸他，要「戒急用忍」。

巫明如：這？

十兵衛：董事長當年受過日本教育，果然，直說「釣魚台是日本的」！

巫明如：啊？

十兵衛：從那之後，日本客理所當然的霸占，陸客來了，衝突更嚴重。

巫明如：台灣散客呢？

十兵衛：講話完全沒人理了。

巫明如：可憐。

十兵衛：董事會改選，盈餘很充裕，新任董事長意氣風發。

巫明如：好極了。

十兵衛：我爸仍然是顧問，勸他「公家的錢只能做公家用」。

巫明如：這話說得對。

十兵衛：新董事長也不聽我爸的，回說「有那麼嚴重嗎？我錯了嗎？」

巫明如：好像錯了。

十兵衛：後來越搞越嚴重，我爸又勸他「公家的錢不可以匯到海外私人帳戶」。

巫明如：這說得太對了。

十兵衛：董事長又說「有那麼嚴重嗎？我錯了嗎？」
巫明如：是，您錯了。
十兵衛：董事長改選，他顯然選不上，用苦肉計，在自己的肚皮上搞出傷口。
巫明如：這？
十兵衛：「沒欲安怎！難道阿扁錯了嗎？」
巫明如：太胡搞了。
十兵衛：兩任董事長當完，抓去關。
巫明如：實至名歸。
十兵衛：又一位董事長，小帥哥，酒量不好，兩杯就醉。
巫明如：那就少喝點。
十兵衛：我爸勸他，乾脆不喝，保持清醒。
巫明如：也對。
十兵衛：又不聽勸，堅持「酒二」。
巫明如：這？
十兵衛：「酒」必須喝兩杯。不是他一個人喝，是所有人都可以喝兩杯。

巫明如：所以形成了共識？
十兵衛：「酒二」共識。
巫明如：是嗎？
十兵衛：愛喝酒的，兩杯喝不爽，不喝酒的，兩杯都討厭，搞到兩面不討好。
巫明如：所以，「酒二」其實沒有共識。
十兵衛：新董事長上台，是個女的，作風大膽開明。
巫明如：喔？
十兵衛：宣布「千杯千杯再千杯」！
巫明如：這太對了！
十兵衛：公司是休閒觀光產業，四方來的都是客人，我們要熱情款待。
巫明如：對！
十兵衛：喝酒，兩杯怎麼夠，一千杯也不嫌多！
巫明如：是那個「千杯」呀？
十兵衛：聽起來爽吧？
巫明如：爽！

十兵衛：屁！
巫明如：嗯？
十兵衛：千杯個屁！她一杯也沒喝！徹底話唬爛！
巫明如：講空話呀？
十兵衛：我爸對這家公司徹底失望，決定辭職。
巫明如：講話都沒人信。
十兵衛：從今以後遠離紛擾，雲遊五湖四海。
巫明如：也對。
十兵衛：在南洋駕船、在北極賞冰、東海裡洗澡、西山上偷桃。
巫明如：偷桃？
十兵衛：定三分天下之策、全九合諸侯之功。興兵伐紂，封神三百六十五位。
巫明如：都是同一個人幹的？
十兵衛：嚐百草、創音樂、造文字，發明指南車。
巫明如：越說越回去了？
十兵衛：盤古開天、女媧補天、夸父追日、后羿射日……

巫明如：行了行了！你爸也太忙了！
十兵衛：我爸太偉大了。
巫明如：我看，你還是說一說，他怎麼跟你媽認識的？

（頓。）

十兵衛：妳為什麼想要知道？
巫明如：咦？他之所以是你爸，認識你媽，是必要條件呀。
十兵衛：說得也是。
巫明如：說說吧？
十兵衛：這……我從來沒跟別人說過……
巫明如：今天是個好機會。

（頓。）

十兵衛：我爸和我媽，是高中同學。
巫明如：這聽起來就有真實感了。
十兵衛：當年，在他們那個時代，男生女生要分班。
巫明如：這是真的。
十兵衛：甚至男女分部，同一所學校，用圍牆分成兩邊。
巫明如：也是真的。
十兵衛：更過分的，是男女分校。
巫明如：太真了！這是事實！
十兵衛：我媽不服氣，從小明明分數比男生都好，憑什麼被迫念女校？
巫明如：所以？
十兵衛：當年的身分證是手寫的，我媽偷改了性別欄，剃了個三分頭，念男校！
巫明如：這是……花木蘭？
十兵衛：這是祝英台。
巫明如：啊？
十兵衛：三年同窗，朝夕相處，不免暗生情愫。

巫明如：等一下。你媽剃個三分頭，你爸要怎麼生出情愫來？
十兵衛：妳不管嘛！我當時沒出生，我媽就是這麼告訴我的嘛！
巫明如：您繼續說？
十兵衛：高中一畢業，我就出生了。
巫明如：一舉得男。
十兵衛：我外公氣死了！不准我父母相見，還好我爸是個神仙，在夜裡將兩人雙雙變成蝴蝶，月下相會。
巫明如：又回到唬爛了。你爸媽居然是「梁祝」？
十兵衛：不止！我爸去當兵，整整三年，我媽去辦會客，軍隊居然不准，我媽嚎啕大哭，三天天夜，把軍營圍牆都哭倒了！
巫明如：「孟姜女哭倒萬里長城」？
十兵衛：我外公把我媽鎖到一間廟裡，我爸帶著蝦兵蟹將，引來滾滾江水，水漫金山寺！
巫明如：「白蛇傳」……人物是不是弄反了？
十兵衛：沒反，我爸是神仙。

巫明如：喔對。

十兵衛：後來，我爸投入職場，擔任度假村董事會顧問，又辭職、雲遊四海，南洋駕船、北極賞冰、東海洗澡、西山偷桃……

巫明如：行了行了！這裡講過了，不要鬼打牆。

十兵衛：在我成長的過程中，從來沒有見過我爸。

巫明如：你……

十兵衛：一切的一切，都是聽我媽轉述的。

巫明如：所以……

十兵衛：我深信不疑。

巫明如：好的……

（頓。）

十兵衛：每一年，我父母只見一次面，每一年的七夕……

巫明如：喜鵲會搭橋，跨越天河，令尊令堂就可以見面了。

（頓。）

十兵衛：這……妳怎麼會知道？

巫明如：姑且說，令尊知名度很高，我早有耳聞了。

十兵衛：妳看！我不是在唬爛！終於有人相信我了！

巫明如：「梁祝」、「孟姜女」、「白蛇傳」和「牛郎織女」，我相信四大傳說。

十兵衛：這是有史以來第一次，我可以真正分享我的心情。

巫明如：好的，請不要太激動。

十兵衛：我爸爸那麼偉大，我絕對沒有辦法跟上他的成就，連名字都跟不上。

巫明如：名字是？

十兵衛：我爸屬虎，小名叫「虎子」，我媽叫我爸「虎哥」。

巫明如：你呢？

十兵衛：「阿狗」。

巫明如：真是虎父犬子呀？

十兵衛：現在我當了爸爸，我爸爸會的事情，我一樣也做不到，只會說故事。
巫明如：會說故事，其實也算一項好本事。
十兵衛：難不成，面對我的孩子，我只說故事？
巫明如：小孩子愛聽故事。
十兵衛：我更盼望孩子將來成就超過我，他會不會看不起我呀？
巫明如：爸爸在孩子眼中，都是偉大的。
十兵衛：妳確定？
巫明如：這麼說吧，我認為你可以完全放心。我看過一個數據分析，探討「虎父」與「犬子」的形成，有一種交替錯綜的關係。
十兵衛：分析的結果是什麼？
巫明如：數據分析顯示，你絕對不用為你的孩子擔心！
十兵衛：為什麼？
巫明如：虎父、犬子，都是隔代遺傳的。
十兵衛：真的嗎，那真是太好了！
巫明如：就是呀。

（本段結束。）

段子三　照貓畫虎

韋以丞：從前有一個年輕的讀書人，姓虎，老虎的虎。

黃士偉：真有姓虎的？

韋以丞：這位虎老爺，考取了進士，被派任到地方上當官。

黃士偉：這說得是古代的故事。

韋以丞：顧著趕路，錯過了客棧，荒郊野外，只有一間破廟。

黃士偉：因為是古代，場景也很適切。

韋以丞：選了一間還可以的房間，略為打掃，暫住一宿。

黃士偉：古人，忍受度比較高。

韋以丞：虎老爺脫光了大睡！

黃士偉：啊？
韋以丞：呼呼大睡，睡得不知天南地北。
黃士偉：然後呢？
韋以丞：然後天就亮了。
黃士偉：所以？
韋以丞：什麼所以？
黃士偉：沒有發生什麼有趣的事情？
韋以丞：嗯……要說有趣嘛……倒是有。
黃士偉：願聞其詳？
韋以丞：昨夜大睡的過程裡，好像有做夢？
黃士偉：夢見什麼？
韋以丞：忘了。
黃士偉：忘了好嗎？
韋以丞：不太好，那就多睡一晚，再夢一次。
黃士偉：可以。

韋以丞：再一次，虎老爺脫光了大睡。
黃士偉：小心著涼。
韋以丞：然後天又亮了。
黃士偉：又睡過頭啦？
韋以丞：虎老爺覺得很新鮮，連續兩個晚上都一覺到天亮。
黃士偉：這有什麼新鮮？
韋以丞：唉……你不懂！古代的讀書人，頭懸梁、錐刺骨，囊螢映雪、鑿壁引光，都是為了讀書，完全放棄了睡眠。
黃士偉：這是何苦！
韋以丞：虎老爺已經很久沒有享受「一覺到天明」的舒服了！
黃士偉：原來如此。
韋以丞：再睡一晚！
黃士偉：脫光了大睡！
韋以丞：你都知道啦？
黃士偉：這個習慣不怎麼樣。

韋以丞：天又亮了，這一次虎老爺不敢再耽擱，趕緊收拾行囊，走馬上任，服務百姓、報效朝廷，清清白白過了一生。

黃士偉：這是什麼呀？

韋以丞：故事說完了。

（略一停頓。）

黃士偉：你覺得這樣過關啦？

韋以丞：我個人是覺得還好。

黃士偉：你對你自己的標準放得也太寬了吧！

韋以丞：怎麼呢？

黃士偉：你看，「古代」、「破廟」、「夜晚」、「夢境」，可以說一個好故事的條件都具備了，你倒好，連續三個晚上脫光了大睡，徹底浪費掉。

韋以丞：那我應該怎麼辦？

黃士偉：回去！

韋以丞：回哪兒去？
黃士偉：回破廟裡去。
韋以丞：回去了，然後呢？脫光了……
黃士偉：不准睡著！
韋以丞：可是衣服已經脫光了。
黃士偉：脫就脫了，小心不要著涼。繼續。
韋以丞：半夜三更的，脫光光沒穿衣服，在荒郊野外的一間破廟裡，不睡覺，這不是自己給自己找麻煩嗎？
黃士偉：一個精彩的故事，就是製造麻煩、面對麻煩、解決麻煩的一系列發展！
韋以丞：誰說的？
黃士偉：我說的！
韋以丞：那好吧，虎老爺只好到外面逛逛。
黃士偉：光著屁股。
韋以丞：虎老爺光著屁股，從廟前逛到廟後，發現後院還有一個小房間。
黃士偉：哦？

韋以丞：他悄悄接近，來到門邊，突然感到胯下一股涼意。
黃士偉：小心著涼。
韋以丞：他心想「該不會有什麼妖怪吧？」
黃士偉：古代的妖怪也比較多。
韋以丞：他大膽推開房門，看見角落是一個臥榻。
黃士偉：古代的床鋪。
韋以丞：臥榻上沒有被褥、也沒有繡帳。
黃士偉：就是光禿禿的一張床。
韋以丞：上面躺著一隻老虎！
黃士偉：我的天哪！
韋以丞：湊著月色，仔細一看……不是老虎。
黃士偉：是什麼？
韋以丞：是一張白色的虎皮，虎皮底下，蓋著一個熟睡的少女。
黃士偉：有蹊蹺。
韋以丞：翁老爺要確定一下，就把虎皮往下拉一點。

黃士偉：你想幹什麼？

韋以丞：想要看清楚她的臉。

黃士偉：看到了沒？

韋以丞：哇……好秀氣的一張臉龐，約莫十六七歲，肩膀圓潤。

黃士偉：看得到肩膀？難道？

韋以丞：虎老爺想要確定一下，就把虎皮再往下拉一點。

黃士偉：這要確定什麼？

韋以丞：看到她的胸部，確定了，真是一個女的。

黃士偉：很故意。

韋以丞：虎老爺還想確定一下，就把虎皮完全掀開了。

黃士偉：還有什麼不確定的？

韋以丞：確定了這個少女，也喜歡脫光了大睡。

黃士偉：兩人臭味相投。

韋以丞：虎老爺開始擔心。

黃士偉：擔心什麼？

韋以丞：這女子一動也不動，蓋的虎皮被掀開，也毫無反應？
黃士偉：該不會？
韋以丞：虎老爺二話不說，上去就抱住她。
黃士偉：太直接了吧？
韋以丞：給她體溫！
黃士偉：這是什麼爛理由！
韋以丞：這才發現，自己也是脫光光的！
黃士偉：畜生！
韋以丞：那女子有反應，虎老爺抱得更緊了。
黃士偉：禽獸！
韋以丞：兩人抱著抱著，就睡著了。
黃士偉：這樣睡得著？你騙誰呀？
韋以丞：劇場說相聲，還是有尺度的。
黃士偉：你……
韋以丞：後來，天就亮了。

黃士偉：平白無故的，把人家睡著了，這下該怎麼辦？

韋以丞：那女子看虎老爺一表人才，是個讀書人，又要上任當官，高高興興的，就跟著去了。

黃士偉：古代的女人，也太容易了。

韋以丞：突然有一天，不知道從哪裡抱來兩隻小貓，虎太太要養。

黃士偉：這就成了虎太太啦？

韋以丞：生米煮成熟飯了。

黃士偉：好吧。

韋以丞：兩隻小貓顏色不一般，一隻白色的，一隻藍色的。

黃士偉：藍貓？

韋以丞：虎太太和兩隻小貓形影不離。

黃士偉：難不成她是貓奴？

韋以丞：其實各位觀眾已經猜到了，那兩隻小貓，不是撿來的，是她生的。

黃士偉：我早就懷疑了。

韋以丞：虎太太根本是一隻老虎，幻化人形，迷惑了虎老爺。

黃士偉：這其中有什麼含意呢？
韋以丞：這都要怪你。
黃士偉：怪我？
韋以丞：不准虎老爺脫光大睡、一覺睡到自然醒，非要找麻煩，你看，現在麻煩夠大了吧？
黃士偉：那該怎麼解決？
韋以丞：兩隻小貓學人，站直了走路。
黃士偉：要變形了？
韋以丞：學人說話。
黃士偉：要成妖精了。
韋以丞：媽媽教他們唱兒歌。
黃士偉：哪一首？
韋以丞：還會有哪一首？
（唱）「兩隻老虎、兩隻老虎，跑得快！跑得快！
一隻沒有眼睛、一隻沒有尾巴，真奇怪！真奇怪！」

黃士偉：長相真是有夠奇怪。

韋以丞：媽媽也覺得不妥，帶著他們，重新唱一次。

（唱）「兩隻老虎、兩隻老虎，跑得快！跑得快！

一隻沒有鼻子、一隻沒有下巴，真奇怪！真奇怪！」

黃士偉：更怪了吧？

韋以丞：不行，太怪了，再唱一次。你要幫忙，發揮想像力！來！

二　人：（齊唱）「兩隻老虎、兩隻老虎，跑得快！跑得快！」

黃士偉：（獨唱）「一隻沒有耳朵、一隻沒有嘴巴，真奇怪！真奇怪！」

韋以丞：你覺得長成這樣好嗎？

黃士偉：不好，重來……

韋以丞：沒有機會了。

黃士偉：啊？

韋以丞：老虎幻化成人形的時候，只有三次機會，決定他們的長相。你害慘他們了。

黃士偉：我不是故意的……

韋以丞：想想也是一種幸運。
黃士偉：怎麼說？
韋以丞：沒有耳朵，就聽不見聲音，包括那些自己不喜歡的、不想聽的。
黃士偉：噢。
韋以丞：沒有嘴巴，發不出聲音，也就不用說出那些得罪人的、不討喜的話。
黃士偉：是喔。
韋以丞：在上位的，不想聽的不要聽。在基層的，不該說的不要說，天下就太平了。
黃士偉：是這樣的嗎？

（頓。）

韋以丞：慢慢的，兩個孩子長大，媽媽越來越沒有耐性，
黃士偉：難道她是虎媽？
韋以丞：經常發脾氣，大聲咆哮，摔東西。

黃士偉：原來真是個虎媽。
韋以丞：其實是因為變成人形太久了，期限到了，要變回老虎了。
黃士偉：本性難移。
韋以丞：虎老爺雖然不捨，還是取出了珍藏多年的虎皮，披在妻子的身上。瞬間！
成一隻白底藍斑的大老虎！
黃士偉：而且是隻母老虎！
韋以丞：舔了舔虎老爺，舔了舔兩個孩子。
黃士偉：她不帶孩子走？
韋以丞：兩個孩子的父親是人類，他們也長成人形，變不回去。
黃士偉：兩個怪樣子。
韋以丞：這要怪誰呢？
黃士偉：我……
韋以丞：虎媽走了，虎老爺也沒有辦法跟自己的孩子溝通。
黃士偉：這怎麼辦？
韋以丞：只好送去日本。

黃士偉：為什麼送去日本？
韋以丞：都是這樣的，台灣人解決不了的問題，送去日本，就解決了！
黃士偉：這是什麼道理？
韋以丞：兩個小孩都送去日本，反而得到了很好的發展。
黃士偉：哦？都怎麼發展？
韋以丞：成為兩隻重要的日本貓，靈感的來源。
黃士偉：日本貓？
韋以丞：藍色那隻，沒有耳朵。
黃士偉：是……哦！
韋以丞：白色那隻，沒有嘴巴。
黃士偉：是……哦！
韋以丞：知道了吧！
黃士偉：我覺得你在唬爛。
韋以丞：某天晚上，虎老爺脫光了大睡。
黃士偉：老毛病又犯了。

韋以丞：一覺醒來，發現自己還在荒郊野外的破廟裡。

黃士偉：又回去啦？

韋以丞：而且這一次，他記住了夢的內容。所以才能完整說出來。

黃士偉：所以是南柯一夢。

韋以丞：這不是南柯一夢。

黃士偉：黃粱一夢。

韋以丞：也不是黃粱一夢。

黃士偉：那這到底是什麼？

韋以丞：這是獨一無二的……

黃士偉：嗯？

韋以丞：唬爛A夢。

黃士偉：我聽你話唬爛！

（本段結束。）

段子四　虎頭蜂酒

巫明如：大黃蜂。

宋少卿：是一輛跑車。它真正的名字，是「雪佛蘭Camaro」，塗裝成黃底黑線條，在電影《變形金剛》裡擔任主要角色「大黃蜂」，因而聲名大噪。

巫明如：你在說什麼呀？

宋少卿：我在捧哏，捧哏的人要提供詳實、豐富的資訊。

巫明如：我謝謝您！

宋少卿：不客氣。

巫明如：我說得是昆蟲，大黃蜂。

宋少卿：昆……昆蟲大黃蜂，就是……大黃蜂。

巫明如：是概略性的稱呼，也稱為胡蜂、馬蜂，在台灣，人人聞之色變的，是「金環胡蜂」。
宋少卿：聽起來非常威風！
巫明如：身上金色、黑色交替間隔，好像老虎斑紋。
宋少卿：看上去非常耀眼！
巫明如：俗稱「虎頭蜂」。
宋少卿：虎頭……離牠遠點！
巫明如：你也怕？
宋少卿：我跟我表哥表弟進山打獵，被虎頭蜂叮慘了。
巫明如：咦？那你怎麼還在？
宋少卿：什麼意思？
巫明如：虎頭蜂叮了，會死人的。
宋少卿：話是這麼說沒錯，但是，根據紀錄，布農族、賽夏族人，可以被虎頭蜂叮個十幾下……
巫明如：快送醫院。

宋少卿：不用看醫生，回家睡一覺就好。
巫明如：很強。
宋少卿：排灣族，徒手摘虎頭蜂窩，根本不怕叮。
巫明如：更強！
宋少卿：我！
巫明如：阿美族！
宋少卿：是在海邊抓魚的，沒有見過虎頭蜂。
巫明如：弱到爆！
宋少卿：但是，我們經常被海膽扎、被水母螫、被魔鬼魚刺……
巫明如：都是有毒的。
宋少卿：更因為我們經常吃河豚。
巫明如：更毒。
宋少卿：原住民在野外生活，身體經常微量中毒，所以產生了抵抗力。
巫明如：不怕虎頭蜂？
宋少卿：叮個兩三下沒有關係。

巫明如：五六下？
宋少卿：小意思。
巫明如：七八下？
宋少卿：忍得住……
巫明如：十幾下？
宋少卿：幹什麼？
巫明如：我要說明的是，虎頭蜂的蜂毒，叮個兩百下都沒有關係。
宋少卿：真的嗎？
巫明如：但是虎頭蜂含有一種蛋白質，會引發人體過敏，血壓下降，進而休克，乃至一命嗚呼。
宋少卿：關鍵不在中毒。
巫明如：所以坊間謠傳，拿虎頭蜂泡酒，可以以毒攻毒。
宋少卿：都說了，那是謠傳。
巫明如：順便強身健體。
宋少卿：是謠傳。

巫明如：提神醒腦。
宋少卿：謠傳……
巫明如：滋陰補陽。
宋少卿：在哪裡？我也要！
巫明如：我家在魚池，就在日月潭旁邊，樹林裡很多虎頭蜂。
宋少卿：妳想幹什麼？
巫明如：我叫我男朋友陪我去，他一口就答應了。
宋少卿：果然愛妳。
巫明如：但是，那個賤女人，死活都要跟。
宋少卿：還有別人呀？
巫明如：她願意負擔全部的經費。
宋少卿：是位富家千金。
巫明如：她願意背所有的裝備。
宋少卿：任勞任怨。
巫明如：三餐由她親手做。

宋少卿：這樣好意思嗎？
巫明如：晚上，她願意睡在帳篷外面，絕對不介入我們。
宋少卿：這樣不尷尬嗎？
巫明如：只要准許她默默跟在後面，就可以了。
宋少卿：怎麼有這種人呀？
巫明如：你看討厭不討厭嘛！

（頓。）

宋少卿：這個……聽我勸，這女人如果實在趕不走，留下來也有用。
巫明如：有什麼用？
宋少卿：她有錢，又願意賣力氣，又不搶妳的男人，嚴格說起來，身邊多個心甘情願的傭人，沒什麼不好。
巫明如：我媽！
宋少卿：妳媽怎麼說？

巫明如：那個賤女人！
宋少卿：妳媽也罵她賤女人？
巫明如：那個賤女人……就是我媽！

（頓。）

宋少卿：伯母……也想去？
巫明如：到了荒郊野外，她先搭好了帳篷。
宋少卿：伯母辛苦了。
巫明如：然後，炕土窯，炕出一整桌的烤雞、玉米、茭白筍和山豬肉。
宋少卿：伯母辛苦了。
巫明如：飯後餘興節目，她演唱一系列台語懷舊老歌。
宋少卿：伯母辛苦了。
巫明如：一整個晚上，看她一個人表演！
宋少卿：伯母辛苦了。

巫明如：我男朋友，那個沒用的男人，就一直重複這句「伯母辛苦了」。

宋少卿：嗯……

（頓。）

巫明如：我想起了「馮媛擋熊」的典故。

宋少卿：這有點冷門？

巫明如：漢元帝出外打獵，一隻熊突然對著皇帝衝過來。

宋少卿：糟糕！

巫明如：士兵、護衛距離都很遠。這時候，皇帝身邊的女人馮媛，勇敢的衝上前，擋在皇帝身前。

宋少卿：壯烈犧牲了。

巫明如：沒有。熊遲疑了一下，護衛就趕到了，一箭射死了熊。

宋少卿：好險。

巫明如：漢元帝問馮媛，怎麼會有那麼大的勇氣？馮媛說「熊的習性，只會撲一個人，臣妾是陛下的女人，願為陛下犧牲。」

宋少卿：心機很重，標準宮鬥劇的情節。

巫明如：果然，皇帝冊封她為僅次於皇后的「昭儀」。

宋少卿：從此榮華富貴。

巫明如：最後終於導致被對手害死。

宋少卿：啊？

巫明如：我不管，我一定要製造一些情節，好好表現。

宋少卿：不要吧。

巫明如：看到一個虎頭蜂窩。

宋少卿：儘量避開。

巫明如：我故意接近。

宋少卿：把外套穿上。

巫明如：我故意脫掉！

宋少卿：虎頭蜂不會注意白色的東西。

巫明如：我的胸罩是大紅色的！

（頓。）

宋少卿：身上沒有特別的香氣，就不會引來虎頭蜂。
巫明如：我帶了香水！「克莉絲汀迪奧兒」，噴！
宋少卿：有甜味的飲料最好不要喝。
巫明如：把兩個寶特瓶可樂澆在頭上！
宋少卿：妳故意引虎頭蜂來呀？
巫明如：結果蒼蠅蚊子蟑螂螞蟻全來了。
宋少卿：活該。
巫明如：我受不了了！直接拿根棍子，捅蜂窩！
宋少卿：妳瘋了！
巫明如：就看見上百隻的虎頭蜂，嗡嗡……飛出來，像是一朵烏雲。
宋少卿：快跑吧！

巫明如：我男朋友完全呆住了。
宋少卿：嚇呆了。
巫明如：我往前一站，擋在他前面，他緊緊抱住了我！
宋少卿：妳得救了。
巫明如：他嚇哭了。
宋少卿：啊？
巫明如：我們兩個緊緊相擁，準備承受蜂群的叮咬。
宋少卿：你們承受不了。
巫明如：想著我們兩人，同年同月同日死，也就甘願了。
宋少卿：虎頭蜂叮死，不怎麼浪漫。
巫明如：我們閉起眼睛，等待死神的降臨。
宋少卿：有病。
巫明如：突然之間飛出來一個人！
宋少卿：飛出來？
巫明如：身穿銀色緊身勁裝，頭戴銀色頭盔，背上背著裝備筒，兩根長長的金屬

管，連接著發射器。

宋少卿：莫非是江湖上傳聞已久的……「假面騎士」！

巫明如：嗯……比較像「天線寶寶」。

宋少卿：瞬間遜掉了。

巫明如：就看他，左三圈、右三圈，掃堂腿三圈，形成一股人體龍捲風，把虎頭蜂群團團籠罩住！

宋少卿：厲害！

巫明如：虎頭蜂被困在龍捲風裡！

宋少卿：厲害！

巫明如：虎頭蜂頭昏腦脹。

宋少卿：厲害！

巫明如：虎頭蜂暈頭轉向。

宋少卿：厲害！

（頓。）

巫明如：您捧哏，只會說一個「厲害」？
宋少卿：……真……厲害？
巫明如：虎頭蜂逃回蜂窩裡。
宋少卿：好……厲害？
巫明如：虎頭蜂被困在蜂窩裡。
宋少卿：特別……厲害？
巫明如：一對發射器噴出熊熊火焰！轟……
宋少卿：哇……厲害厲害……

（頓。）

巫明如：穿著一身銀色的超級英雄，摘下面罩、脫掉頭盔，一看！
宋少卿：東尼史塔克！
巫明如：我媽。

宋少卿：妳媽是東尼史塔克？
巫明如：我媽是芒果冰沙來一客。
宋少卿：啊？
巫明如：關鍵時刻救了我的，居然還是我媽。
宋少卿：有媽的孩子像個寶。
巫明如：我那個男朋友……
宋少卿：怎麼樣？
巫明如：危難時刻手足無措……
宋少卿：很弱。
巫明如：慌亂之中無計可施……
宋少卿：真弱！
巫明如：只會緊緊抱住我……
宋少卿：太弱！
巫明如：抱著我，說他好害怕……
宋少卿：弱到爆！

巫明如：我說「不怕不怕，有我在，我保護你。」

宋少卿：弱……怎麼會這樣？

巫明如：知道這個世界上，有個男人需要我，真好。

宋少卿：好……吧。

（頓。）

巫明如：進而一想，我計畫得逞，而且得到了一整窩的虎頭蜂！

宋少卿：妳想幹嘛？

巫明如：拿來泡酒！

宋少卿：咦？

巫明如：算一算，一百零八隻！

宋少卿：好數目。

巫明如：用五十三度的高粱酒，泡上一年，逼我男朋友喝下去。

宋少卿：結果？

巫明如：拉肚子，送急診。

宋少卿：死蜂泡的，屁用也沒有！

（本段結束。）

段子五　騎虎難下

韋以丞：「虎姑婆」，是流傳已久的民間故事。

十兵衛：我小時候聽這個故事被嚇到。

韋以丞：這個故事很普通啊？

十兵衛：很恐怖！

韋以丞：哪裡恐怖？老虎修煉成精，得要吃小孩，吃到一定的數量，才會完整變成人形。

十兵衛：好恐怖……

韋以丞：於是來到一戶人家，媽媽不在家，只有一對小姊弟，老虎就進門了。

十兵衛：好恐怖……

韋以丞：老虎騙小朋友說「我是你們的姑婆，媽媽請我來陪你們睡覺。」
十兵衛：怎麼這麼恐怖啦……
韋以丞：睡到一半，虎姑婆把弟弟先吃了，吃到手指頭，發出「嘎吱嘎吱」的聲音。姊姊問「姑婆，妳在吃什麼？」虎姑婆說「我在吃花生米。」
十兵衛：我就是聽到這裡被嚇到的啦……
韋以丞：振作！你有點出息好不好？
十兵衛：太恐怖了啦……
韋以丞：其實，姊姊已經發現弟弟被吃了。不合常理的、異常冷靜的說「我要去上廁所。」
十兵衛：小朋友怎麼可能這麼冷靜？
韋以丞：跑到外面，爬到樹上，跟虎姑婆說「妳燒熱水，我自己跳進熱水裡，煮好了給妳吃。」
十兵衛：這說法太荒謬了。
韋以丞：熱水燒好，姊姊又騙虎姑婆說「妳閉眼睛，我自己跳進妳的嘴裡。」
十兵衛：老虎有這麼好騙嗎？

韋以丞：於是，姊姊就把滾燙的熱水，灌進虎姑婆嘴裡，她，就被燙死了！
十兵衛：等一下，原來這個故事如此荒唐！
韋以丞：很多故事都是這樣，找到一個點，把那些心智衰弱的兒童嚇到！在驚嚇呼喊、亂七八糟的氣氛中，粗糙、且毫無章法的，把一個故事草草結束掉。
十兵衛：你這在說誰。
韋以丞：我經常演出兒童劇，都是這樣搞的。
十兵衛：咦？

（頓。）

韋以丞：除了「虎姑婆」，台灣還有一位更有名的「媽祖婆」。
十兵衛：此婆非彼婆。
韋以丞：媽祖婆，是台灣民間信仰，香火最鼎盛的神明。
十兵衛：天上聖母。
韋以丞：媽祖本姓林，從小就是一個善解人意、聰慧靈巧的少女。

十兵衛：是。
韋以丞：一個姓吳的醫師，到林家來求婚，林家答應了。
十兵衛：做個醫師娘，生活有保障。
韋以丞：不巧，就在婚期即將到來的前夕，林家養的一隻母羊因為難產而死。
十兵衛：小事一樁。
韋以丞：這隻母羊，是媽祖娘娘從小一塊兒長大的玩伴，情同姊妹。
十兵衛：喲。
韋以丞：仁民愛物的媽祖，心情大受影響，就想將婚期延後。
十兵衛：情有可原。
韋以丞：可是吳醫師這邊不同意，黃道吉日千載難逢，錯過不再。
十兵衛：為難了。
韋以丞：媽祖很難得，發了一次小姐脾氣。
十兵衛：她怎麼了？
韋以丞：「哼！不嫁了！」
十兵衛：悔婚哪？

韋以丞：吳醫師很沒有面子，一氣之下，終生不娶。
十兵衛：這是何苦？
韋以丞：也有一點不為人知的祕辛。
十兵衛：哦？
韋以丞：吳醫師雖然醫術高明，卻治不好自己的癲痢頭。
十兵衛：好恐怖喔！
韋以丞：因此也有一點自卑。
十兵衛：還好沒有嫁給他。
韋以丞：從此斷了凡心，勤習醫術、養生修道，學習降妖伏魔的法術，終於得道成仙，就是民間信仰中非常有名的「大道公」。
十兵衛：「大道公」？
韋以丞：又稱「保生大帝」。
十兵衛：哇！太有名了！
韋以丞：媽祖錯過了嫁給大道公的機會，也是終生未婚。
十兵衛：於是，全人類得到一位救苦救難的「媽祖婆」。

韋以丞：他們兩位在凡間的一段姻緣沒有結果。

十兵衛：小有遺憾。

韋以丞：卻在成為神仙之後繼續鬥法。

十兵衛：啊？

韋以丞：這件事情，是大道公先挑起來的。農曆三月二十三，媽祖起駕，坐轎子遶境出巡。

十兵衛：場面盛大。

韋以丞：天上聖母的生日，當然是盛裝打扮。

十兵衛：人要衣裝、佛要金裝。

韋以丞：保生大帝偏要在那天騎上他的大老虎，凌空作法，下大雨！

十兵衛：保生大帝騎老虎呀？

韋以丞：想要把媽祖婆臉上的彩妝用雨水沖掉，讓她沒面子！

十兵衛：娶不到人家就惡搞，恐怖情人吧？

韋以丞：媽祖婆就在大道公生日那天，回敬他！颳大風！

十兵衛：為什麼？

韋以丞：要害大道公的帽子被吹掉，露出他的癩痢頭，糗爆！
十兵衛：惹火女人的下場。
韋以丞：於是，每年農曆三月十五，大道公生日，颳大風。
十兵衛：噢。
韋以丞：僅僅相隔一個禮拜，三月二十三，媽祖婆出巡，下大雨。
十兵衛：唉。
韋以丞：民間因此流傳，「大道公風、媽祖婆雨」。
十兵衛：原來是神仙鬥法。
韋以丞：神明存在凡人的心中，神明的所作所為，其實也反映出凡人的願想。
十兵衛：換句話說，都是人的想像。

（頓。）

韋以丞：大道公騎老虎，武財神騎老虎，土地公也騎老虎。
十兵衛：土地公騎老虎？

韋以丞：那是因為在傳統農業社會，老虎傷人時有耳聞，土地公保境安民，收服老虎，壓在神案之下。

十兵衛：哦？

韋以丞：到土地公廟去看，神案底下，會有一隻老虎，又稱「虎爺」。

十兵衛：我小時候有看過。

韋以丞：虎爺就是兒童的守護神。小朋友因為個子小，跟著家長去拜土地公，就會看到桌子下面的虎爺，拜虎爺，甚至認虎爺做乾爹。

十兵衛：我好像拜過。

韋以丞：大道公是個醫生，曾經「點龍睛、醫虎喉」。

十兵衛：嗯？

韋以丞：山澗裡的一條龍，眼睛不舒服。

十兵衛：俗稱「龍眼」。

（頓。）

韋以丞：無聊。

十兵衛：對不起。

韋以丞：大道公燒化了一道符，混在水中，點進龍的眼睛裡。

十兵衛：畫龍點睛。

（頓。）

韋以丞：並不是這樣解釋的。

十兵衛：對不起。

韋以丞：後來又有一隻老虎，喉嚨裡鯁了刺，自己來找大道公。

十兵衛：老虎有靈性。

韋以丞：大道公發現，老虎喉嚨裡，扎了一根女人的髮簪，推斷這隻老虎是吃了人，所以，所以卡到喉嚨。

十兵衛：不要救牠。

韋以丞：大道公就和老虎約定，我給你拔了刺，以後再也不准吃人！

十兵衛：老虎願意嗎？
韋以丞：老虎不但願意，而且從此變成大道公的乖乖貓，大道公去哪裡，都騎著老虎去，又快又穩。
十兵衛：這麼好。
韋以丞：結果有一次，農曆六月六日，土地廟虎爺的壽誕，辦PARTY。
十兵衛：老虎趴？
韋以丞：天神界的老虎，幾乎都參加了。
十兵衛：都有誰？
韋以丞：張天師的老虎、鐵拐李的老虎、武財神趙公明的黑老虎，二十八星宿之一的「尾火虎」，六十位太歲星君，其中有五位是屬虎的。文殊菩薩騎的青毛獅子，也以特別來賓的身分出席。
十兵衛：活動辦得很盛大。
韋以丞：特地從日本請來天王巨星表演餘興節目，將生日趴帶到最高潮！
十兵衛：是誰？是誰？
韋以丞：「巧虎」！

十兵衛：天哪！
韋以丞：（唱）「巧虎，有！」
十兵衛：（唱）「琪琪，有！」
二　人：（和唱）「我們都是好朋友，我們都是好朋友。」
韋以丞：（哼尾奏）「鏜鏜……」
十兵衛：嘿！

（頓。）

韋以丞：大道公的老虎，沒有請假，自己偷偷跑去玩。
十兵衛：應該要說一聲。
韋以丞：偏巧那一天，王母娘娘頭昏，想請大道公過去看一看。
十兵衛：王母娘娘，不可怠慢。
韋以丞：想快速登天，卻怎麼也找不著老虎了？
十兵衛：怎麼辦？

韋以丞：這時想起一個人。
十兵衛：誰？
韋以丞：媽祖婆。
十兵衛：他的小冤家？
韋以丞：新港奉天宮，陪祀媽祖婆的，是一位不一樣的虎爺。
十兵衛：怎麼不一樣？
韋以丞：當年奉天宮整修，媽祖婆曾經借住在虎爺的小廟裡好幾年，等到奉天宮新修完成，媽祖婆就把虎爺一塊兒請過來，而且，不躲在桌底下，成了唯一一個坐在桌上的虎爺。
十兵衛：神氣。
韋以丞：也就不屑和其他的老虎攪和，端端坐在神桌上。
十兵衛：圖個清淨。
韋以丞：大道公有求虎爺，趕往瑤池，給王母娘娘看病。
十兵衛：責任重大。

韋以丞：虎爺雖然願意，但還是提醒大道公，奉天宮，畢竟奉祀的主神是媽祖婆，要從這裡找幫手，還是得問過媽祖的意思。
十兵衛：那……怎麼辦？
韋以丞：媽祖婆給大道公看臉色。
十兵衛：他們是前世冤家。
韋以丞：要求「照規距來」。
十兵衛：照什麼規矩？
韋以丞：「擲筊」！
十兵衛：神明也要擲筊啊？
韋以丞：連續擲筊九九八十一次，不是「無筊」、就是「笑筊」。
十兵衛：都是不同意。
韋以丞：終於來到第一百零八次，連續三個「聖筊」。
十兵衛：媽祖婆同意了。
韋以丞：不是，是因為大道公急得滿頭汗，自己把帽子摘下來搧涼，露出了癩痢頭。

十兵衛：糗！
韋以丞：媽祖婆整到他了，於是放他一馬，准許出借虎爺，給王母娘娘看病。
十兵衛：終於開恩了。
韋以丞：大道公騎著虎爺，急急忙忙趕到瑤池。
十兵衛：王母娘娘怎麼樣？
韋以丞：因為耽誤了很多時間。
十兵衛：所以？
韋以丞：王母娘娘睡了個午覺，起來以後已經好多了。
十兵衛：虛驚一場。
韋以丞：回到奉天宮，歸還老虎，虎爺不讓他下來。
十兵衛：騎了一天，有感情了。
韋以丞：不，怎麼能夠白騎，一點福利也沒有？
十兵衛：「騎虎難下」了。
韋以丞：大道公答應虎爺，回去以後，會送一年份的紅蛋來。
十兵衛：虎爺吃紅蛋。

韋以丞：後來，大道公自己的老虎玩夠了回來，被臭罵一頓。
十兵衛：不乖！自己亂跑！
韋以丞：大道公心裡很委屈，「看我是醫生好欺負啊！我是堂堂保生大帝欸！媽祖婆找我麻煩，虎爺跟我過不去，自己的老虎也不乖，連凡人都敢到廟裡來騙我。」
十兵衛：誰？
韋以丞：「那個人，騙我說，他絕對不參加選舉了！然後照選，選輸了，繼續當更大的官！」
十兵衛：神明都敢騙了。
韋以丞：「光頭了不起呀！我也是癩痢頭！」
十兵衛：哎！成人身攻擊了。
韋以丞：老虎臉皮厚，唱首歌給大道公消消氣。
十兵衛：唱歌呀？
韋以丞：（唱）「巧虎，有！」
十兵衛：（唱）「琪琪，有！」

二　人：（合唱）「我們都是好朋友，我們都是好朋友。」

韋以丞：（哼尾奏）「鐺鐺……」

二　人：嘿！

（本段結束。）

段子六　為虎作倀

馮翊綱：有個人，晚上睡覺，被聲響驚醒，在被窩裡瞇著眼睛看，居然是一隻老虎。

宋少卿：半夜屋裡有老虎？

馮翊綱：他不敢動，盼望老虎沒發現他，自動離開。

宋少卿：可能嗎？

馮翊綱：這老虎東轉一圈、西繞一圈，「噫噫哇哇」的發出聲音。

宋少卿：牠怎麼了？

馮翊綱：彷彿有什麼不舒服？

宋少卿：餓了，不舒服。

馮翊綱：老虎知道有人躺在床上。
宋少卿：就是牠的宵夜。
馮翊綱：忍不住了，上來用前腳掌拍他。
宋少卿：幹嘛呀？默默的吃了就算了，還要叫醒了追著玩兒呀？
馮翊綱：不，牠輕輕的拍……
宋少卿：怎麼跟貓一樣？
馮翊綱：老虎就是大貓，動作都差不多。
宋少卿：牠到底想幹嘛？
馮翊綱：這人大膽的坐起身來，難掩驚恐，問道「你……到底想幹嘛？」
宋少卿：老虎怎麼說？
馮翊綱：老虎不會說，又「噢嗚」了一聲，把腳掌給他看。
宋少卿：腳掌怎麼了？
馮翊綱：腳掌大肉球，和中間小肉球之間的縫縫裡，有一根硬硬的東西。
宋少卿：扎到刺啦？
馮翊綱：這人大著膽子，伸手上去一拔！刷！一根又長又尖又細的骨頭！

宋少卿：這下老虎要吃人了！
馮翊綱：老虎「哇」的一聲大叫，向後跳了三步。
宋少卿：現在想跑也來不及了。
馮翊綱：老虎舔舔自己的腳掌，也上來舔舔那人的手。
宋少卿：這意思是……不吃宵夜啦？
馮翊綱：那人拍拍老虎的頭，老虎低頭蹭蹭，很是溫馴。
宋少卿：跟貓一樣。
馮翊綱：然後就走了。
宋少卿：有驚無險。我說，晚上睡覺還是要把門關好。
馮翊綱：第二天晚上，睡覺睡到一半，門外忽然「砰」的一聲！
宋少卿：完了，老虎沒忘，這兒有宵夜。
馮翊綱：這人起床，開門一看……
宋少卿：他還開門送死呀？
馮翊綱：門口一頭死羊，老虎規規矩矩的坐著。
宋少卿：老虎送的？

馮翊綱：你們家養的貓不都這樣？

宋少卿：我們家的貓，經常叼個死蟑螂、死壁虎什麼的，放在廚房的踏腳墊上，髒死了！每次一亂來我就踹牠！

馮翊綱：你誤會牠了，貓，為了表達對恩人、主人的敬意，會獻上牠的獵物，主人要誇獎牠。

宋少卿：啊？是這個意思呀？

馮翊綱：老虎低下頭，那人上前，輕輕拍拍老虎。

宋少卿：老虎把他當恩人了。

馮翊綱：對囉。

宋少卿：好嘛。

馮翊綱：接下來，每隔三五天，老虎就送禮物來，有時候是獐子、山羊，有時候是大雁、野鴨，有時候是麋鹿、野豬。

宋少卿：都是大號的。我們家的貓有一次叼回來一隻死飛鼠，氣死我了！

馮翊綱：你要誇獎牠。

宋少卿：喔……好……咪咪乖！咪咪好棒棒！

馮翊綱：這就對了。
宋少卿：隔天又叼回來一隻死穿山甲。
馮翊綱：牠這麼大本事，去山裡給你抓飛鼠、穿山甲？
宋少卿：從巷口中藥鋪偷的。
馮翊綱：標本哪？
宋少卿：再也不要誇獎牠。

（頓。）

馮翊綱：這麼過去了一年，在老虎的供養下，這人的家境都有了改善。
宋少卿：怎麼會呢？
馮翊綱：老虎不一定送吃的來，有時候也有布匹、珠寶、金條。
宋少卿：這都是哪來的？
馮翊綱：還是不要問吧。
宋少卿：噢。

馮翊綱：生活改善了，把原本的破衣服扔了，做了一套新衣服。
宋少卿：煥然一新！
馮翊綱：走進樹林裡，老虎不認識他的新造型，一口咬死！
宋少卿：為什麼？
馮翊綱：那不然老虎是從哪兒搞來的財物？
宋少卿：到頭一場空。
馮翊綱：老虎不明就裡，還來家門口找他，那人的老娘破口大罵「你個沒良心的畜生！我兒子給你拔了腳上的刺，你不報答他，到頭來還把他咬死了！你畢竟是隻狠毒的老虎呀！」
宋少卿：這……
馮翊綱：人與老虎，有什麼恩情？有什麼道義？是說不清楚的。老虎畢竟是老虎，咬死人，不管是不是出於故意，都是牠的天性使然。
宋少卿：跟老虎談交情，到頭來是養虎為患呀。

（頓。）

馮翊綱：老虎被罵得莫名其妙？在門口徘徊了幾天，終於想通，恩人應該是被自己誤殺了？

宋少卿：老虎還能想通？

馮翊綱：真是既悲傷、又後悔，爬到一棵樹上，一躍而下，背部著地，摔斷脊梁而死。

宋少卿：好有人性的老虎！

馮翊綱：故事都是人編的。

（頓。）

宋少卿：至少，從故事裡看，老虎雖然愚昧，還是懂得知恩圖報。

馮翊綱：換一個角度看，又不一樣了。

宋少卿：哦？

馮翊綱：民間傳說，凡是被水淹死、或者被老虎咬死的冤魂，都會化為倀鬼。

宋少卿：倀鬼？

馮翊綱：長短的長，加一個單人旁，「倀」。

宋少卿：是不是「為虎作倀」的「倀」？

馮翊綱：您懂！

宋少卿：好說。

馮翊綱：倀鬼並不知道自己的處境，只是盲目的抓交替。

宋少卿：引別的倒楣鬼來給老虎吃，自己好去超渡。

馮翊綱：其實只是增添了更多的冤魂。

宋少卿：老虎吃人，倀鬼幫著老虎，引人入圈套。

馮翊綱：在故事裡，總有兩種解決方法。

宋少卿：哪兩種？

馮翊綱：第一種，倀鬼覺悟，把老虎引進獵人的陷阱裡。

宋少卿：這樣就可以了嗎？

馮翊綱：老虎一死，倀鬼就自由了，可以去投胎。

宋少卿：噢！

馮翊綱：第二種，老虎覺悟。
宋少卿：有這種可能嗎？
馮翊綱：有一些老虎，是人披著虎皮變的，吃夠了人數，就可以擺脫虎皮。
宋少卿：然後呢？
馮翊綱：變成真人。
宋少卿：這還是太可怕了吧！
馮翊綱：總之，打虎、除鬼，都是過度理想化的願望。
宋少卿：嗯。
馮翊綱：因為「虎」是「鬼」在養的，而當「鬼」是自願的。
宋少卿：對。
馮翊綱：解決問題，都要靠「虎」或是「鬼」的覺悟。
宋少卿：好。
馮翊綱：但是也不要忘了，故事都是人編的。
宋少卿：其實等於無解。

（頓。）

馮翊綱：說穿了，這個道理，就跟選舉一樣。

宋少卿：選舉怎麼了？

馮翊綱：你把選票給了某個人，盼望他當選之後，為你做事。

宋少卿：理想的民主制度。

馮翊綱：可萬萬想不到，根本就是養虎為患。

宋少卿：啊？

馮翊綱：老虎之前就已經吃了很多人，身邊圍繞著成群的倀鬼。

宋少卿：「為虎作倀」的冤魂。

馮翊綱：老虎上任，把那些倀鬼都派出去，當牠的眼線、爪牙，忙著分派官位、忙著分配利益、忙著剷除異己，製造更多的倀鬼，根本不會為你做事。你的窮困還是窮困、你的委屈照樣委屈，完全沒有改變。當初投票的選民，有一些慢慢意識到，自己其實也是倀鬼，老虎就是被自己的選票養肥的。

宋少卿：誰投票給老虎的？該出來謝罪！

馮翊綱：倀鬼根本沒有意識到自己只是老虎的嘍囉，一句屁話也沒有。
宋少卿：難道就這麼算了嗎？
馮翊綱：從古至今，在世界上，凡是清醒的人，都很痛苦。

（頓。）

宋少卿：這麼一說我感覺到了，你是老虎，我是倀鬼。
馮翊綱：怎麼會有這種感覺呢？
宋少卿：馮翊綱教授……
馮翊綱：咦？
宋少卿：您文筆好。
馮翊綱：不敢不敢！
宋少卿：您學問好。
馮翊綱：哪裡哪裡！
宋少卿：最重要的，您心地善良。

馮翊綱：那是那是！

宋少卿：【相聲瓦舍】能有今天，都是仰賴您的英明領導。

馮翊綱：過獎過獎。

宋少卿：我是個什麼東西？

馮翊綱：別這麼說。

宋少卿：愛喝酒、愛遲到、愛唬爛，是個惹禍精！

馮翊綱：怎麼又繞到這裡來？

宋少卿：充其量，不過就是其中一個、微不足道的演員。

馮翊綱：相聲大師！

宋少卿：一顆舞台上的棋子。

馮翊綱：大明星！

宋少卿：任憑你驅策使喚。

馮翊綱：配合度高！

宋少卿：但那都是我自願的！

馮翊綱：謝謝！

宋少卿：心甘情願！
馮翊綱：感恩！
宋少卿：您就像是我們的燈塔！
馮翊綱：哎喲？
宋少卿：照亮了方向。
馮翊綱：是嗎？
宋少卿：您就像是我們的喇叭！
馮翊綱：意思是？
宋少卿：督促我們努力。
馮翊綱：你真懂我。
宋少卿：您就像是我們的「灶腳」！
馮翊綱：這？
宋少卿：供我們溫飽。
馮翊綱：太不敢當了。
宋少卿：我以你馬首是瞻。

馮翊綱：喲。
宋少卿：叫我說什麼我就說什麼。
馮翊綱：好！
宋少卿：叫我幹什麼我就幹什麼。
馮翊綱：是。
宋少卿：叫我吸什麼我就吸什麼。
馮翊綱：這……不用吧？
宋少卿：不計形象。
馮翊綱：噢。
宋少卿：不論後果。
馮翊綱：啊。
宋少卿：沒有羞恥。
馮翊綱：咦？
宋少卿：來吧！
馮翊綱：幹什麼？

宋少卿：命令我！
馮翊綱：命令你……什麼？
宋少卿：你不是要創作全人類第一部裸體相聲嗎？
馮翊綱：有嗎？
宋少卿：來！脫吧！
馮翊綱：啊？
宋少卿：我任你擺布。
馮翊綱：別別別……
馮翊綱：有你這一份心意，我就知足了。
宋少卿：你相信了？
馮翊綱：完全相信。
宋少卿：我唬爛你欸。

（本段結束，上半場結束。）

【下半場】

諷刺喜劇

大宅murmur

作者　徐妙凡

台師大表演藝術系畢業，現為台大戲劇系碩士研究生。參與《相聲百人一首》原創選編，並寫作多篇作品，是最受矚目的新生代劇作家。

《迷航的飛行時計》，參加「全球泛華青年劇本創作競賽」，進入決選入圍。

《滿目春解庫》入圍「台灣文學獎」「劇本創作獎」。

本劇《大宅Murmur》則獲得「紅樓文學獎」劇本創作首獎。

作品說明

這是一齣獨幕喜劇，然而筆下角色各有影射。

劇中人物荒誕，卻有歷史事件襯底，以從頭到尾的一場騙局，借古諷今，映照整個時代之大不幸。

實則，這亦是一齣悲劇。

人物

少佐：藉口來買宅子蓋學校，實則是一名失蹤一日的日本士兵。
翻譯：一個矮個子，少佐的隨行翻譯，可是中、英、日文都不大行。
貝勒：一個高個子，稱自己是前清的貝勒爺，與少佐一見如故。
三哥：胖子，藉託是前清貝勒的奴僕，和四弟合謀賣掉宅子，反民復清。
四弟：瘦子，藉託是前清貝勒的奴僕，和三哥合謀賣掉宅子，反民復清。
婢女：四弟的養女，一個花癡。

時空

西曆一九三七年七月六日，夜半，北京城裡的一間宅子，據稱是前清王府。

（場上一片黑，僅有微光照著場上紅色的一桌二椅。）

少佐：（唱李叔同《憶兒時》）

春去秋來　歲月如流　遊子傷漂泊
回憶兒時　家居嬉戲　光景宛如昨
茅屋三椽　老梅一樹　樹底迷藏捉
高枝啼鳥　小川游魚　曾把閒情託

（在伴樂中燈漸亮，少佐手持扇子扇風。）

童年啊童年，是我一生中最悲慘的歲月。
從小，我的爸爸就送我出國留學，那時候我年紀還小，一人在外，日日哭，夜夜哭，就是因為天天想家。（頓）不許哭！每當我寫信給爸爸時，爸爸總說，這一切辛苦都是為了培養我成為一個對社會有貢獻的人。將來，我才能變得像爸爸一樣偉大！

（情緒澎湃激昂的又向前走了幾步。）

我的爸爸，十八歲那年，赤手空拳，白手起家，和美麗的妻子二人齊心協力，終於在他三十歲時，賺到了人生第一桶金。可就在我爸的事業上升期，他為了衝刺事業，決定犧牲家庭；但按他的說法是，正是為了家庭，他才決定衝刺事業！（頓）

於是，他開始大量收購土地，興建鐵路，從輕井澤到東京，都是他的事業版圖。就在這段期間裡，我爸竟然開始懂得了生活情趣。一個、兩個、三個，兒子們咚咚咚的出生了；又一個、兩個、三個，老婆們一個接一個的娶回家了。後來，我爸為了兼顧家庭與事業，他，當上了國會議員（頓）正是有賴我爸這大半輩子的辛苦打拚，我爸和他的太太，與他的太太們，我們這一大家子才能過得幸福和樂。

（做預備動作驕傲的大聲宣布。）

次郎君，我的爸爸！他這輩子共娶了三個老婆，生下三個兒子！可惜，說到我的哥哥們，都讓我爸那是操碎了心。

（苦惱的坐回了椅子上。）

我大哥，大老婆生的，一個醉生夢死的公子哥，我爸天天和他在家吵架，我爸這榜樣擺在面前，他，只學會了一半！

（換個舒服的姿勢、語調接著說。）

我二哥，二老婆生的，從小學業成績唬兒棒，還懂得關心國家社會，儼然就是一個有為青年。二十歲那年，他領著從我爸那分得的家產，加入共產黨，發誓要為底層人民伸張正義！直接被一腳踹出家門。我爸這榜樣，他，一半也沒學會，從此斷絕往來！

（情緒激動的拍桌。）

就我這兩個哥哥，讓我爸那叫氣得半死！（頓）還好，爭氣如我——三哥，三老婆生的。從小學業成績一級棒，重點是，他還是個極右派，得到我爸全部真傳。他經營公司的理念是：「不用人才，只用奴才！」大小事全聽他一人的。於是他擴增了我爸的事業版圖，收購了全國六分之一的土地，炒地皮、蓋百貨、建飯店，成為全日本最大的休閒娛樂集團，還兩次被美國《富比士》雜誌評為世界首富！（頓）後來……他因為財務造假、內線交易被送入大牢。但那時我爸早走三十年了，在我爸心目中，我三哥，就是他畢生的驕傲！

（激動的又從椅子上站了起來。）

接下來終於輪到我了！（頓）可是我……究竟是我爸的誰呢？

根據八卦週刊調查結果顯示，我是在我爸擔任國會議員期間出生的。至於我生母的真實身分，據悉從國會年輕祕書、美女記者主播到酒店頭牌、當紅玉女明星都在嫌疑名單內。

（踱步沉思。）

不過，從我現在高挺的大鼻子以及雜糅了東西方的混血感五官來判斷，我推測，就在我形成胚胎的當晚，我的父親應當是與眾多女子——同時有染！當然，要問我個人偏好的話……我比對過照片了，竈門禰豆子，最像我親媽！

（把扇子橫咬在口中。）

雖然我身分來源不明，但我爸對我和其他兒子都一視同仁！

尤其我爸對孩子的教育是特別重視的。他根據兒子的不同資質，選擇不同的

留學地點。

（找了個舒服姿勢坐回椅子上。）

好比我那優秀的三哥吧！留學西洋，說的一口好英語；我二哥，留學北洋，一口溜中文，所以才加入了共產黨；而我那不學無術的大哥，留學……東洋，待在日本哪兒也不准去，居家隔離！（頓）至於我，則是留學……南洋。（深呼吸宣布）我感到非常驕傲！我爸說，他畢生的心願就是希望讓整個大東亞的國家，都成為好朋友，大家一起「共」同繁「榮」起來！這等重責大任，就全背負在我身上了！

（站起身來回踱步的說。）

舉凡法屬的印度支那、緬甸國、馬來亞、東印度還有婆羅洲，我都去過。我爸打算在大東亞各地建學校，大東亞共同繁榮還不夠，教育也得辦起來！

由於我從小就歷經多國文化的洗禮，舉凡寮國語、馬來語、印尼語、越南話、緬甸話、泰國話、台灣話，我通通都不會說。但好在，我精通日文，所以在各地學校的成績都是第一名！（頓）

但就在我十八歲那一年，一項真正艱鉅的挑戰來了！

我爸說，南洋這邊的學校都建得差不多了，大東亞這圈子裡，就差一個滿洲國，順便要我和那失聯已久的二哥聯繫聯繫。（頓）

我說，那怎麼行？我二哥加入的可是共產黨啊！（頓）

我爸說，那怎麼就不行？他可是我二哥啊！必要時刻，敵人也是能做回朋友的！（頓）

總言之，我爸交辦給我的任務就是，要我物色好一塊校地，最好是帶棟大宅子的。但我就murmur了，我對中國人生地不熟，究竟什麼地方合適，我怎麼知道？（頓）那天當晚，我爸竟然還給我出了一道謎。

（翻譯上場。）

翻譯：說來聽聽。

少佐：上聯，枯藤老樹昏鴉。

翻譯：下聯，古道西風瘦馬。

少佐：聽起來很順，但你確定這詩是這樣接的嗎？

翻譯：且慢，待我想想。

少佐：絞盡腦汁的好好兒想想，這漏的那句橫批，到底是什麼？

翻譯：有橋……有水……有人家，bingo！

少佐：錯！

翻譯：怎麼可能錯？

少佐：因為你忘了，從小 daddy 就不喜歡人家。

翻譯：因為你是 gay。

少佐：我不是我不是我不是！

翻譯：因為你是偷生的。

少佐：（點頭）嗯哼。

翻譯：那你爸不喜歡你，到底喜歡什麼呢？

少佐：我爸喜歡……公仔。

翻譯：噢，daddy，かわいいね～～

少佐：忘了跟各位介紹，這位是我的家僕，長著日本人的身高，卻從小出生在海外，精通英日兩文。

翻譯：Hey, How do you do？Nice to meet you. かわいいね～I'm fine, thank you.

少佐：此行呢，帶著他，充當我來中國的翻譯。

翻譯：It's my pleasure.

少佐：媽的，我來中國，帶著個英日翻譯是在幹嘛？

翻譯：Because me，かわいいね～

少佐：Ok, shut up. 今天好不容易來到這，我覺得這棟房子不錯，我爸會中意。

翻譯：Want to see see？

少佐：還不快給我去找房屋仲介過來！

翻譯：噢！講到魔鬼……

少佐：什麼魔鬼？我要仲介！

翻譯：Speak of devil 翻成日文就是，說曹操曹操就到。

少佐：我不要曹操，我說我要仲介！

（三哥、四弟上場。）

四弟：三哥，你走那麼快幹嘛？

三哥：四弟，大清都已經亡了，別再叫我三哥了！

四弟：三哥，我不叫你三哥，那我到底要叫三哥你什麼呢，三哥？

三哥：現在都已經是民國了！

四弟：什麼？民國了？

三哥：一切都不三不四了！

四弟：三哥！

三哥：我不是你三哥了！

四弟：不三！給我站住！

三哥：欸！不四！

四弟：大清亡國了，你的意思是，我們通通都變成了……

三哥：不三！

四弟：不四！

三哥：哇～～～我不要活了！

四弟：你先別著急著不活了……萬一有一天民國也亡了呢？你還活不活了？

三哥：啊……那我一定就……一定就……可以負負得正了！

四弟：太好了！現在就讓我們兩個籌劃籌劃，準備反清復明！

三哥：啊？

四弟：反民復清！

三哥：不四，你覺得我們反民復清首先最需要的是什麼？

四弟：廢話！當然是熱血！

三哥：廢物，我們需要的是錢！

四弟：那我們有錢嗎？

三哥：沒有。

四弟：廢物！那我們有什麼？

三哥：我們有房子。
四弟：廢物！你的意思是，這棟小破屋就可以承載我們反民復清的熱血嗎？
三哥：廢物！我的意思是，這棟房子可以賣錢！
四弟：廢物！這破屋能值多少錢？
三哥：廢物！這宅子之前可是王府，擱在現代社會都叫歷史古蹟，很值錢。
四弟：廢物！可是我們的主子不早就因為體弱多病又智能不足被廢掉了嗎？
少佐：停～～～翻譯，請你給我翻譯翻譯，你覺得那兩個廢物真的是仲介嗎？
翻譯：Hmm……（帶著日本口音怪腔怪調的說）我中文不好，我也不知道。
少佐：滾開，廢物！（頓）咳咳，敢問您們二位是這棟房子的仲介嗎？
四弟：正是在下，說曹操曹操就到。
少佐：啊～～～我不要曹操，我說我要仲介仲介仲介！
三哥：先生，我這麼跟您解釋吧，這曹操在這兒指的就是仲介。
少佐：啊！早說嘛。
四弟：ごめんなさい（日語「真是抱歉」）。
少佐：欸別別別，是我孤陋寡聞哪！曹先生。

四弟：什麼？你竟然稱我是曹先生？你這傢伙難道從小沒念過書？遙想在大清時，我從小無父無母被人被送到了王府，我們家王爺從不叫我的名姓，只對我呼之即來揮之即去，於是我下定決心發憤讀書。可直到今天，竟然有人跑來告訴我，原來……我姓曹！（頓）先生，您是我的恩人哪！

三哥：丟臉！好歹我們也是留著皇族血脈的愛新覺羅家族後裔……的僕人！怎麼能隨便見到人就上前擁抱呢？不成體統！不三！

四弟：有！

三哥：就讓哥來給你展示展示什麼才是皇家的體統！

四弟：弟學著呢！

三哥：這位爺，小的來給您磕頭啦！

少佐：Oh my God! 他們實在太客氣了，翻譯，你說我該怎麼應對？

翻譯：你應該趕緊的說 Please stand up。

少佐：噢！（傲慢的說）請~平身。

三哥：弟你瞧，咱中國還民智未開，人家老爺留過洋，接受的都是民主自由的西方新思想，竟然還願意為我們入境隨俗。

少佐：Thank you, thank you. 謝謝誇獎。不過我要澄清一下，敝人留的是南洋，接受的是南洋新思想。

三哥：什麼？南洋都有新思想了？咱中國，丟人哪！

四弟：丟人、丟人、丟人（再磕三個頭）。

三哥：別再丟人啦！人家新思想是不磕頭的！

四弟：哥，你沒留過洋，洋文都聽不懂！

三哥：你留過洋啊？

四弟：可我懂洋文。哥，我教你，you就是你。

三哥：嗯？

四弟：than、k、you，就是三個你！你得向人老爺磕三個頭啊，懂不懂禮數？

三哥：哇哇哇老爺您可千萬別怪罪。

少佐：好！都平身吧！別老爺老爺的叫，聽起來，怪老的。

三哥：那敢問這位爺怎麼稱呼啊？

少佐：敝姓「はな」（音hana），留洋的同學都叫我Soldier。

三哥：Mr. Soldier，幸會幸會。

四弟：三哥您太土了，稱人家洋名得叫Mr. Hana。
少佐：在大日本帝國當前說洋文？您們二位都太土了。翻譯，給我調教調教。
翻譯：Hana，在我們大日本帝國是花的意思，所以Hana Soldier翻成中文就是花少佐。
三哥：哎呀花先生，您看真是，咱誤會起大了，對不住。
四弟：花少佐，顧名思義就是花名在外聲名不朽，咱孤陋寡聞，還得上學！
少佐：不急！你剛剛說我什麼？花名在外？
四弟：不敢不敢。
少佐：說得好！說到心坎兒上了！
翻譯：Hana，在我們大日本帝國還有鼻子的意思，瞧瞧我們家老爺……
三哥&四弟：Big hana.
四弟：哎呀……莫非尊駕就是二十世紀東亞版的……大鼻子情聖？
少佐：沒錯！在日本帝國擁有大鼻子的人，就是情聖！所以敝人名字的縮寫就叫作Big……B……

四弟：L、P啊！
三哥：嗚嗚嗚都怪我洋文不好，程度跟不上！
少佐：各位別擔心，人體器官總有一種很神奇的呼應關係，等到daddy來這建好school以後，我就是教官，你們兩個，給我優先入學，到時候答案自然揭曉！在此之前，各位叫我花少佐就可以了！
三哥：少佐，天下真有這等好事？能讓我們優先入學？
四弟：真是太期待了！
少佐：但得講個條件，你們這宅子，賣給我，讓我來給你們辦學校！
三哥：我們說了不算數，咱家老爺才是屋主。先生您要想開條件，得跟他談！
四弟：哥，你派那個弱智跟他談，還怎麼能談出好價錢呢？
三哥：老爺雖然智商不高，可身子金貴！
四弟：喔……不明白。
三哥：老爺身子金貴，老爺住的寓所自然也價值不菲！
四弟：好像……明白一點。
三哥：老爺身子金貴又智能不足，賣房的好價錢才能進我們口袋兜裡！

四弟：通通明白了！

少佐：咳咳，你們到底說完沒？不要仗著我耳朵不好！

三哥：我們的老爺，可是之前大清的貝勒爺，這宅子不僅僅是御所，更意味著大清遺留的血脈！少佐，您說這宅子的價，不得咱前老爺說了算的嗎？

少佐：啊？你們大清的那血脈，我很熟的呀！

翻譯：啊～～～呸！

四弟：怎麼能隨地吐痰呢？

少佐：他中文還說不利索，再講清楚點！

翻譯：啊～～～溥儀！（又吐痰）

少佐：沒錯！我們就是要在「溥儀」滿洲國境內建學校的。

三哥：啊！您可真長眼了。咱們家的貝勒爺，就是「溥儀」的親弟啊！

少佐：哦？敝人有這等榮幸能見見您們貝勒爺的尊容？

四弟：不嫌麻煩！有請，貝勒爺出場！

（貝勒登場。）

貝勒：Hello everyone!

三哥：那就讓兩位大人，好好談，小的就先退了！

（三哥、四弟下場。）

少佐：欸！會說洋文還挺洋氣的！一點兒也不像滿清遺少啊！

貝勒：八國聯軍後我們家就開始推行雙語教育。（對翻譯）Hey, How do you do ?

翻譯：Nice to meet you!

貝勒：噢！（比身高）かわいいね～

翻譯：噢！I'm fine, thank you.

少佐：這位爺，莫非您就是當今滿洲國的聖上，愛新覺羅溥儀的親弟……？

貝勒：正是在下。

少佐：（仔細端詳）像！真像！敢問您尊姓大名？

貝勒：我們家這一輩兄弟剛好輪到了溥字輩，我哥除了愛新覺羅溥儀，還有會畫畫的溥佐，會寫書法的溥傑，還有什麼都能寫能畫的大畫家溥儒。而敝人就是愛新覺羅——溥僕。

翻譯：噢！かわいいね～What's your English name?

貝勒：My name is……Aisin Gioro——Poo Poo。

少佐：妙！真妙！真是太莫名奇妙的洋名了！

貝勒：至於舍妹愛新覺羅皮皮，為了配合我的洋名Poo Poo，她就叫……

翻譯&少佐：Pee Pee！

貝勒：啊！沒想到二位先生都已經先認識了。

翻譯：不敢當不敢當。

少佐：Mr. Poo Poo，敢問您和令妹有比較方便稱呼的小名嗎？

貝勒：有啊！從小我娘親就叫我妹piss，叫我shit！

少佐：那敝人覺得還是稱呼您Poo Poo比較禮貌。

貝勒：疊字比較卡哇伊。

少佐：那Poo Poo先生，咱們客套話就免了。（頓）我，看上您這宅子了！

翻譯：給我們讓出來！

貝勒：哎呀……這宅子之前可是王府，擱在現代社會都叫歷史古蹟。

少佐：您的意思是……很值錢？

貝勒：我的意思是……捐出去！

少佐：普僕先生，沒想到你我都是性情中人哪！這宅子，正是我daddy想拿來開辦教育事業的！

翻譯：教你們中國人從頭學做規矩和禮數的！

貝勒：什麼？那我可以優先入學嗎？

少佐：只要您真是貝勒爺，我就算是開後門，也要讓你優先入學，為校宣傳！

貝勒：啊……一想到能在這座古蹟上Japanese，頗有當年在王府上雙語教育的情懷啊！

少佐：可敝人卻有一事不明。

貝勒：您請說。

少佐：我雖從小不愛念書，可好歹也上過歷史課。

貝勒：我也上過！

翻譯：每個人都上過！
少佐：那麼敢問先生，愛新覺羅溥儀什麼時候多了個親弟……叫普僕的啊？
貝勒：哎呀……先生您不知道，現在歷史課本已經被刪掉好多！
少佐：那麼重要的歷史也刪了？
四弟：嗚……是不重要的歷史都刪了！
少佐：你……怎麼能這樣輕視自己呢？
貝勒：大帥您有所不知。敝人身世悲慘，您別看我生在這大院裡享盡榮華，可從
小，我爹地卻不喜歡人家。
少佐：難不成……你也是gay嗎？
貝勒：我不是我不是我不是。
少佐：那你是偷生的？
貝勒：（點頭）嗯哼。
少佐：啊！知己、知己！
貝勒：難道您也是……？
少佐：相見恨晚哪嗚嗚嗚！

貝勒：知己，我們得喝杯交杯酒！來人哪！

（四弟和婢女上場）

四弟：要是讓他們再親熱下去，咱這房子還賣不賣了？女兒，妳行妳上，記住爹跟妳說過的話！

婢女：（半推半就）爹地，可我不知道自己哪裡行啊……

四弟：不行也得行，今天就算是賣了女兒，我也得把這房子賣出去！

婢女：啊？

四弟：女兒，給在座的先生倒酒去！

婢女：是……

（婢女給少佐倒酒，裝模作樣的灑在了自己身上。）

婢女：Oops！先生，I'm so sorry. 但爹地曾經說過，女人就像這潑出去的水，濕了身，就再也無法回頭了。

少佐：這誰家的給我領回去！

翻譯：go home! go home!

婢女：我才不go home呢！好不容易來到了這兒，怎麼說，我也得為自己的下半輩子好好打算打算。

四弟：我的恩人哪！您也聽到了。要買這宅子，小女，就隨您了！

少佐：您真是太不了解我了！男人還好說。可我絕不會為一個女人多花錢的！

四弟：恩人，您誤會了！我的意思正是，您要是想買宅子而不要小女，那就得多花錢哪！

少佐：什麼？我黃某此生，沒受過這麼大的威脅！

婢女：不，少佐，我就要隨您了！小女今年整三十了，從未體會過什麼叫追求愛與自由，今天見了您Big hana，我下定了決心要做一個新時代女性！

少佐：夠了！

翻譯：enough!

四弟：開價五十萬大洋！

少佐：成交！小女……

婢女：來了！

少佐：就退給您了！

四弟：簽合同！

翻譯：Wait a minute！daddy有交代！

少佐：驚慌過了頭，差點給忘了。

翻譯：上聯，枯藤老樹昏鴉！

少佐：下聯，古道西風瘦馬！

翻譯：合適的地點，要有橋、有水、有公仔！

少佐：你們這兒，能滿足得了嗎？

四弟：哈哈哈，問我就對了。我們這宅子坐北朝南，西邊有水，東邊有橋，連起來，都是這宅子的腹地，剛好呈現一個直角三角形！

婢女：三比四比五！

少佐：知己！你說，你們這宅子地基究竟有多大？

貝勒：知己，面積正是……
少佐：噓……知己，讓我們把算式寫在掌心，看看彼此是否真的交心！
貝勒：三乘四除以二……
二人：等於六！
四弟：不愧是留過洋的，太有見識了！說說，這叫什麼定理！
少佐&貝勒：股溝定理！
婢女：什麼？不是叫乳溝嗎？
少佐：不可能！我記不得乳溝，只喜歡股溝！
四弟：女兒，妳記差了，乳溝，是這座橋的名字！
婢女：（喃喃自語）喔……乳溝橋？好奇怪的名字。
貝勒：先生，這宅子格局方正，西邊有水，東邊有橋，住在這的每日清晨，我看著大紅太陽從東邊的水平面升起，就覺得咱們大清有望了啊！
少佐：太好了，旭日東升的大紅太陽，實在是美不勝收啊！
翻譯：大東亞共同繁榮啊！
四弟：來！一手交錢，一手簽合同！

翻譯：Wait a minute!
四弟：又怎麼啦？
翻譯：還漏了一樣東西！
少佐：什麼？
翻譯：沒有公仔！
貝勒：胡說！我們這兒有很多很多的公仔！
少佐：知己，此話當真？領我去瞧瞧！
貝勒：瞧不得！因為公仔，放在了乳溝橋！
少佐：知己，何以要把公仔放在那麼遠的地方？
貝勒：知己，因為乳溝橋上的公仔太多了……數不盡！
少佐：天下有這等奇事？
貝勒：相傳，咱們以前的皇上也喜歡公仔！
少佐：跟家父一樣？
貝勒：可惜皇上不會用人，不用人才，只用奴才！
少佐：跟家兄一樣？

貝勒：奴才嚇破膽，上頭說什麼是什麼，說做什麼就做什麼，從不問為什麼。
少佐&翻譯：嗚嗚嗚跟我一樣！
貝勒：皇上野心很大，要讓整座乳溝橋全都布滿了他喜歡的公仔。
少佐：要那麼多公仔做什麼呢？
貝勒：每一個公仔都是皇上的傀儡！
少佐：被安置在東亞各地嗎？
貝勒：傀儡越多，國勢越盛啊！
少佐：此番來到中國，daddy就是想這麼幹的！
貝勒：總言之您要是買了這塊寶地，咱們天朝國土下的公仔，就都讓給您了！
翻譯：您就要在daddy面前出頭啦！
四弟：一百萬大洋！
少佐：哇哈哈，這些公仔就都歸我啦！
四弟：哥！哥！哥！一百萬大洋，成了！

（三哥上場，手上拿著簽約合同。）

三哥：我正找合約書呢！那廢話不多說，反悔沒得說。請老爺蓋章，壓手印！

四弟：請少佐，蓋章，交錢！

三哥：記得寫下合同簽約日期！

少佐：西曆一九三七年七月……

翻譯：剛過午夜十二點。

少佐：那就是七日！

三哥：西曆一九三七年七月七日成交！

四弟：那就叫七七……大宅紀念日啊！吉利！

三哥：倒酒！

翻譯：（耳邊竊竊私語）少佐……。

少佐：各位失禮了，我現在就得回營裡去。

四弟：夜都深了……少佐喝一杯再走！

少佐：不了，根據軍方通報，我現在是名失蹤的soldier，得趕緊回營裡！

三哥：什麼？那就不送了。萬一您隊上長官找不到您，要是引發了什麼國難這該如何是好？

四弟：是是是，咱們今天緣分一場，就此別過。

貝勒：等等，（深情地對著少佐說）我還有體己話要說！

三哥：那……小的就不打攪，先退了。

（三哥、四弟下場。）

少佐：知己！別擔心，我們定會再相見的！

貝勒：咱中國有句老話，知己難逢，知音難覓！我是陽春。

少佐：我就是白雪。

貝勒：你是伯牙。

少佐：你就是子期……

貝勒：伯牙，我有一事相告。

少佐：子期，我聽著呢！

貝勒：大清的餘毒，在我身上已經悄悄發作，我自知活不過六年壽命。但是我既願意陪著你看朝陽升起，我也願意與你一起共睹落日沉西！

少佐：伯牙！

貝勒：子期！

二人：永不分離！

少佐：隨我走吧！

婢女：Wait a minute! 我也要跟你走！

少佐：（左右張望慌張的找四弟）我再加錢！

婢女：少佐請聽我一言。少佐不要小女，但少佐的弟兄們不見得不需要小女！

少佐：姑娘的意思是……對咱軍隊裡的弟兄們有興趣？

婢女：小女今年三十了，實在不願意與我爹二人廝守終生。小女願意吃苦，遠赴重洋，尋覓良緣！

少佐：曹姑娘，我實在不願讓妳爹為難！

婢女：我不姓曹，他也不是我親爹！小女只知道自己姓魏，我爹收留了我，說是見了我，總能給他安慰，所以叫我慰慰。可是我如果能給我爹安慰，我也能給全天下的男人安慰！

少佐：魏姑娘，有志氣！可你若要隨我回到南洋，得取個洋名，才夠國際化！

翻譯：慰慰，給人安慰，那就叫comfort吧！

婢女：comfort？什麼是comfort？

少佐：comfort就是安撫的意思。

婢女：所以，從今以後我的名字就是……魏安撫囉？

少佐：怎麼？你對我們大日本帝國給起的名字不滿意嗎？

婢女：不不不，只要是您們大日本帝國起的名，我高興都來不及！從今以後，我就是魏安撫了！

貝勒：講小聲點，你爸聽到會……於心不忍！

婢女：爹！您為了大清，我為了大東亞，我們都犧牲了！

少佐：好了，我和我弟兄都不會虧待你們的！要跟上的人，隨我走！跟我唱！

（唱）

春去秋來　歲月如流　遊子傷漂泊

回憶兒時　家居嬉戲　光景宛如昨……

（少佐、翻譯、貝勒、婢女同下。三哥和四弟上場。）

三哥：一百萬哪！不三，我們反民復清指日可待啊！

四弟：不四，有了這一百萬……你還想反民復清嗎？

三哥：有了這一百萬……三弟，我覺得自己現在就已經負負得正啦！

四弟：四哥，你說，這再過幾個月後，咱們這宅子，會成個什麼樣啊？

三哥：甭擔心，一定虎虎生風！

四弟：那少佐呢？

三哥：如虎添翼！

四弟：那老爺呢？

三哥：狐假虎威！

四弟：那女兒呢？

三哥：為虎作「娼」！

四弟：那……我們呢？

三哥：（站上椅子唱）茅屋三椽　老梅一樹　樹底迷藏捉

四弟：（也站上椅子唱）高枝啼鳥　小川游魚　曾把閒情託

三哥：（下椅子唱）兒時歡樂

四弟：（也下椅子唱）兒時歡樂

二人：（手拉手悲喜交雜的唱）斯樂不可作

三哥：四弟，你說，我們拿了這一百萬，怎麼就高興不起來呢？

四弟：從小在這宅子長大，突然要分別了，自然捨不得。

三哥：你說，我們跟這宅子感情真的那麼深哪？

四弟：三哥，這可是一百萬！感情不深都對不起自己啦！

三哥：四弟，你說我們手上這袋一百萬……該是民國銀元，還是大清的銀兩？

四弟：大清的銀兩，固然懷舊；但民國的銀元，那才能用啊！

三哥：那如果給的是日幣呢？

四弟：那少佐真是……

二人：太貼心了！
四弟：我決定，要拿著日幣走闖中原。首先回一趟東北老家！
三哥：那是中國北海道！
四弟：再下江南找女兒去！
三哥：那是中國沖繩島！
四弟：國內旅遊都充滿了異國情調！
三哥：那你說我們該怎麼報答少佐？
四弟：咱家老宅已經給少佐如虎添翼、老爺狐假虎威、女兒還為虎作「娼」了，我們……馬馬虎虎就行了！
三哥：不行！咱中國老話說的好，畫虎不成反類犬！少佐待我們如此不薄……
四弟：那三哥你覺得……我們當喪家之犬怎麼樣？
三哥：哎呀呀，這太有誠意了！
二人：少佐一定喜歡！

（舞台燈光在〈憶兒時〉的伴樂中一盞一盞的滅掉……直到最後一束光照三哥和四弟身上，他們手拉著手，迎向一片漆黑。）

（劇終。）

後記

二〇二〇年，偶得半年閒暇，劇場演出全部取消，學校好幾個禮拜不用去，幾可謂終日無所事事，意圖振作，善用時光。翻出一套《太平廣記》，特意挑選妖精水怪、虎仙狐媚的篇章來看，頗得消遣。看閒書的感想，不免又想轉化為創意，信筆而寫，不知不覺，成劇兩部。

《畫虎藍》創作時，已約好演出夥伴，因此劇本上的「角色」就以首演演員姓名顯示，成了【相聲瓦舍】虎年賀歲戲上半場。徐妙凡的諷喻喜劇《大宅murmur》，在「紅樓文學獎」大放光彩，順勢約來置放在下半場，好好沾光！

就在校稿完善，即將付梓的前夕，宋姓藝人街上闖禍，犯了眾怒，不可上台。請看早早寫就的劇本，恐怖預言，留個證據大家看。

這本書故意賣弄，《畫虎藍》豎著印，另一部橫著印，得從另一端起翻，兩端都是封面。

文學叢書 674

INK PUBLISHING

畫虎藍

作　　者　馮翊綱
繪　　圖　曾湘玲
總 編 輯　初安民
責任編輯　陳健瑜
美術編輯　黃昶憲
校　　對　潘貞仁　陳健瑜　馮翊綱

發 行 人　張書銘
出　　版　INK印刻文學生活雜誌出版股份有限公司
新北市中和區建一路249號8樓
電話：02-22281626
傳真：02-22281598
e-mail：ink.book@msa.hinet.net
網　　址　舒讀網http://www.inksudu.com.tw

法律顧問　巨鼎博達法律事務所
施竣中律師
總 代 理　成陽出版股份有限公司
電話：03-3589000（代表號）
傳真：03-3556521
郵政劃撥　19785090　印刻文學生活雜誌出版股份有限公司
印　　刷　海王印刷事業股份有限公司

港澳總經銷　泛華發行代理有限公司
地　　址　香港新界將軍澳工業邨駿昌街7號2樓
電　　話　852-27982220
傳　　真　852-27965471
網　　址　www.gccd.com.hk

出版日期　2022年 3月　初版
ISBN　978-986-387-541-3

定　價　350元

國家圖書館出版品預行編目資料

畫虎藍／馮翊綱作. -- 初版. -- 新北市：
INK印刻文學, 2022.03
面；　公分. -- (印刻文學；674)
ISBN 978-986-387-541-3(平裝)
863.54　111001009
1.戲劇 2.相聲 3.表演藝術

鱷魚不見了

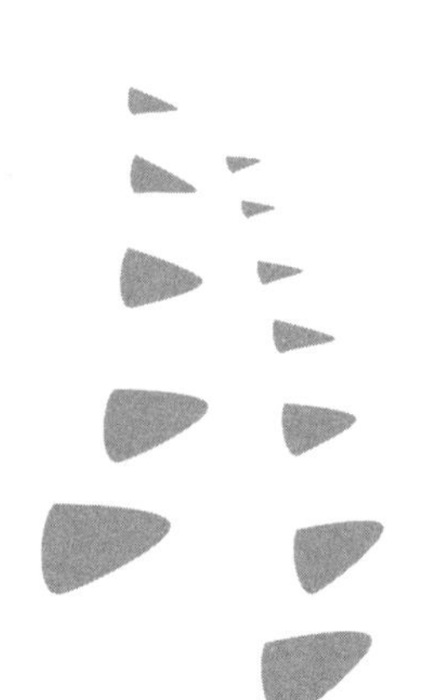

目次

第二部　鱷魚不見了

無古無今，無始無終。

未有天地而生天地，至深微廣大矣！

——《淮南子　說林》

自其不變者而觀之，則物與我皆無盡也。

——蘇軾〈赤壁賦〉

人物

道士　普通的中年人，剛剛決定要做道士。
才子　年輕人，急於寫出令自己成名的文章。
丫鬟　年輕人，無知，卻精於盤算自己的未來。
相爺　前任老宰相，被貶官，處心積慮於班師回朝。
司馬　中年酷吏，求政績，尋找進身之策。
女巫　輕熟女，知道一個神祕地方。
漁夫　被幾項財物限制了想像的窮人。
醉客　已經放棄現實考量的失意文人。

場景

全劇發生在一條虛擬的水邊，或在此岸、或在彼岸。只在其中一段水邊待過的人們，都不知道，其實這是一條環形的水，無始無終。

採用傳統戲台的一桌二椅，寫意的組合呈現八個場景。場景、道具、服裝，都是以白色為基底的灰階，視覺無色。

第一出　卦上卦

（黑暗中傳來音樂聲，靜謐安詳，彷彿在一條緩緩流淌的小河邊。音樂漸歇，燈光隨之漸亮。）

（舞台的大部分區域仍在黑暗中，正中央擺放一套桌椅，一如傳統戲曲的一桌二椅。桌子一側矗立一道幡旗，上書「無所不知」。桌椅、帷帔、幡旗，人物的穿戴，全劇整體呈現以白為主的灰階色調。）

（桌子上側坐著一位道士，左側坐著一位華衣公子。）

道士：（擊案）話說！涇河龍王變化成一位白衣秀士，往長安鬧市走來。

才子：龍王不在水裡，跑城裡幹什麼來了？

道士：只因先前，巡水的夜叉聽聞漁翁、樵夫對答，說這長安城中，有一位算卦先生，非常靈驗，漁翁每日送上一尾金絲鯉魚，占得一課，來到河中下網，絕不空手

而回。

才子：這個厲害。

道士：龍王心想「這還得了，讓你天天滿網捕魚，我水裡還住不住了？」

才子：說得是呢。

道士：於是，親自來會會這位先生。

才子：準備踢館。

道士：就看龍王來到卦攤之前，說道「說得準，奉贈黃金五十兩，說不準，砸你招牌！」

才子：來者不善。

道士：那算卦先生氣定神閒，說道「所問何事？」

才子：出題吧。

道士：龍王言道「明日是否下雨，能下多少？」

才子：下雨本就歸龍王管，他怎麼來問算卦的？

道士：有把握的事情，才好印證。

才子：也對。

道士：算卦先生說「辰時布雲、巳時發雷、午時下雨、未時雨足，得水三尺三寸零四十八點。」

才子：這麼精準？

道士：龍王暗自覺得好笑，返回水府。天庭使者剛好送來公文，「辰時布雲、巳時發雷、午時下雨、未時雨足，得水三尺三寸零四十八點。」

才子：絲毫不差呀？

道士：龍王不服氣，第二天監督下雨，故意延後一個時辰，少下三寸八點。

才子：差不多，沒什麼關係。

道士：再次來到長安城的卦攤，霹哩啪啦的，全給砸了！說「哈！算不準！」

才子：妖言惑眾！

道士：算卦先生依舊是氣定神閒……「不準就不準吧，我攤子已經被你砸了，你怒犯天條，明天就要掉腦袋了。」

才子：啊？

道士：果然，綁赴南天門，送上剮龍台，問斬！

才子：這麼慘呀！

道士：當然，故事還有很多細節，什麼「魏徵夢斬龍王」、「唐太宗遊地府」，都是相關的情節。

才子：故事很長。

道士：請打賞。

才子：又打賞？

道士：一段一個錢。

才子：我這兒前前後後已經幾個錢了？記帳上，一次給。

道士：最主要的就是勸您，聽從我老道的建議，安穩待在家裡，不要遠遊。

才子：費了這麼多口舌，原來還是要管我。

道士：您瞧我們這個地方，此地有崇山峻嶺、茂林脩竹，又有清流激湍、映帶左右，多麼好風水的地方？

才子：地靈，所以人傑，不出去闖出個名號，多麼可惜！

道士：我們這裡土地平曠，雞犬相聞，生活是那麼的怡然自樂。

才子：就是這樣，平靜得快要逼瘋我了。

道士：外面是什麼景況？沒有人知道？

才子：我就是想要知道。

道士：曾經有過那麼一個人，他進來了，又出去了，卻再也沒有回來。

才子：怎麼樣呢？

道士：出去了，恐怕會再也回不來呀！

才子：那就留在外面吧。

道士：我的大才子呀！文章，你自管寫，出名，也是理所當然，就是人不要動。一動，就有水災。

才子：我有水災？

道士：滅頂之災。

才子：說你妖言惑眾吧！我們住的這個地方，看來就是河水的源頭，山澗流進洞中，源源不絕。我只要順流而出，就能去往外面的天地。

道士：水裡不安全，水裡有鱷魚。

才子：鱷魚？什麼是鱷魚？

道士：鱷魚又叫鼉龍，「鼉」這個字不常見，筆畫也很複雜，描述起來很費事，所以我們印在節目單上，大家自己看一看。

才子：「鼉」旁邊還有一個字，念「黿」。

道士：鼉就是鱷魚，也叫豬婆龍。

才子：鱷魚怎麼樣呢？會吃人？

道士：鱷魚一般來說並不吃人，鱷魚要吃人，會精心挑選。

才子：哦？

道士：好比說「東土大唐前往西天取經的和尚」。

才子：唐僧肉？

道士：懂得要吃唐僧肉，算是個長腦袋的妖怪吧？

才子：一路上都是。

道士：來到黑水河，按照慣例，唐三藏和豬八戒被抓了。

才子：吊起來，扒得精光赤條，準備上蒸籠。

道士：被沙和尚聽到幾句情報。

才子：哦？

道士：妖怪派了一條黑魚精當信差，往西海送請帖，要請舅舅來吃唐僧肉。

才子：舅舅？是誰？

道士：孫悟空追上黑魚精，當頭一棒！哐噹！

才子：又打爛了。

道士：打開請帖一看，原來西海龍王敖順，就是這個妖怪鼉龍的親舅舅。

才子：有來頭。

道士：孫悟空直接找西海龍王算帳。

才子：當年大鬧龍宮，四海龍王都不是他的對手。

道士：西海龍王當場就認了。

才子：妖怪是他放出去的？

道士：原來，黑水河的鼉龍，是當年問斬的涇河龍王的小兒子。

才子：哎喲。

道士：年紀還小，就沒了爸爸，在舅舅的安排下住在黑水河修身養性。

才子：說穿了，就是獨自被送到國外的小留學生。

道士：就看他交到什麼朋友了。交到好朋友，一起讀書、做研究。

才子：交到壞朋友，就上夜店、喝酒、嗑藥。

道士：交不到朋友，就自己打靶、玩十字弓、火焰槍。

才子：家長要耗盡家財，跨海去救他。

道士：西海龍王派太子摩昂去收服鼉龍。

才子：表哥對付表弟。

道士：要留孫大聖喝酒，孫大聖不願意。

才子：耽誤時間。

道士：改請孫大聖吃飯，孫大聖不領情。

才子：路途遙遠。

道士：最後，請孫大聖喝茶，孫大聖勉強喝了。

才子：快回去吧，師父師弟快要被蒸熟了！

道士：別擔心，孫悟空的時間觀，和我們這裡是一樣的。他是「山中無甲子，寒盡不知年」，我們是「乃不知有漢，無論魏晉」。

才子：意思是？

道士：平行宇宙。

才子：平行宇宙？

道士：孫悟空的觔斗雲，就是平行宇宙轉換術。既不是三度空間的奔波、也不是時光隧道的穿越，所謂十萬八千里，就在一瞬間。

才子：即去即回。

道士：孫悟空一路上多次跑去別的平行宇宙求援。

才子：對。

道士：有去天庭找二十八星宿的。

才子：有。

道士：去南海普陀山找觀音菩薩的。

才子：有。

道士：去五台山找文殊、普賢兩位菩薩的。

才子：有。

道士：去西天大雷音寺找佛祖。

才子：他自己早就到過西天了。

道士：更別說什麼龍宮、地府、花果山，說來就來、說去就去。

才子：對。

道士：這些仙佛菩薩，很多都和齊天大聖有交情，留他喝碗茶、吃個桃子，所在多有。

才子：好幾次。

道士：天上一天，人間十年。

才子：有這個說法。

道士：如果真是這樣計算，孫悟空在天上多講兩句話，一回來……

才子：唐三藏被吃得肴核既盡，豬八戒也被啃得杯盤狼藉了。

道士：白龍馬都老了。

才子：西天取經，任務徹底失敗。

道士：所以孫悟空任意來去平行宇宙。

才子：瞬間轉移。

道士：不會耽誤到唐三藏的時間。

才子：那是凡夫俗子的世界觀。

道士：得分開來看。

才子：所以嘛！我懂了！

道士：您終於懂了。

才子：我出去一趟，瞬間就回來了。

道士：不。

才子：我是平行宇宙轉移，不受時間、空間的牽制。

道士：不是。

才子：說不定我已經出去過了，已經回來了，您沒發現。

道士：不會吧？

才子：你設身處地的為我想一想，不出去走一走，怎麼能開拓視野，進行更宏觀的思考呢？

道士：我的思維無遠弗屆。

才子：做為一個追求知識的人，怎麼能夠容忍自己，局限在小小的範圍裡？

道士：我的想像自由奔馳。

才子：如果不出去，我寫的文章，只有你們這幾個人知道，我出去了，才能流傳千古。

道士：時間最終也是有盡頭。

才子：不管了，說走就走！

道士：你……故事還沒聽完呢！

才子：什麼故事？

道士：孫悟空從西海請來摩昂太子，收鼉龍、救唐僧啊。

才子：那怎麼樣呢？

道士：你怎麼不問我，後來，鼉龍被收服了沒有？

才子：收服啦。

道士：你怎麼知道？

才子：鼉龍使一根竹節鋼鞭，摩昂太子手中是三稜金鐗，摩昂太子使了破綻，鼉龍中計，鑽進來，被擊中右臂，跌倒，背綁雙手，鐵索穿了琵琶骨，帶回西海交令。

道士：連細節都這麼清楚？

才子：當然。

道士：為什麼？

才子：你就看過一本兒《西遊記》，把前後兩個章回的故事，「老龍王拙計犯天條」和「西洋龍子捉鼉回」，湊在一起唬嚨我，就敢說是算卦？

道士：原來你早知道？

才子：我何止知道？小時候練寫字，我抄寫了整本兒的《西遊記》！

道士：我都白講了。

才子：你口才也是不錯啦。

（道士取出一個繡囊，遞給才子。）

道士：那……把這個帶在身上。

才子：這是什麼？香火袋？

道士：這個繡囊，是用這裡養的蠶絲編織的。

才子：所以？

道士：它會把你帶回來。

才子：我又不一定想回來。

道士：還是再考慮考慮吧？

才子：少廢話，再見！

道士：等一下！

才子：又怎麼樣？

道士：繡囊，三個錢。

才子：還怕我跑了？

道士：怕你真的不回來。連同前面，總共給十個錢得了。

才子：給你個大的！拿去！

（才子給錢，整頓衣冠。在詭異的樂聲中，做了一系列無意義的舞蹈動作，下。）

（燈光變化，本段結束。）

第二出　名外名

（黑暗中，聽見才子的聲音，像是吟誦，也像是呻吟，更像是一種絕望的呼號。）

才子：落霞……與孤鶩齊飛…………秋水……共長天一色…………

（呼號聲中，燈漸亮，是客棧的一個房間。偏台一桌，桌側一椅，才子癱坐著，丫鬟上。）

丫鬟：怎麼了怎麼了？哪裡不舒服？
才子：都……都不舒服……
丫鬟：你應該躺著，怎麼又坐起來了，我扶您躺下。
才子：不！不能躺！我沒有時間躺！
丫鬟：要不，我去請大夫？
才子：不……不麻煩了……這裡是什麼地方？

（頓。才子觀察環境。）

丫鬟：這裡是客棧。

才子：妳……妳是誰？

丫鬟：我叫丫頭，我是我們老爺的丫頭。

才子：妳的老爺？

丫鬟：我們家老爺是……是從北方來的，我出來跑腿，剛好遇見了您。

才子：我……我是怎麼了？

丫鬟：您？您掉水裡了。

才子：我掉水裡了？我……怎麼一點兒也想不起來？

丫鬟：大概是驚魂未定，您多休息，休息好了就想起來了。

才子：我好像是……從一個洞裡出來的？

丫鬟：然後呢？

才子：然後……妳叫什麼名字？

丫鬟：我？不重要，您就叫我丫頭。

才子：名字怎麼不重要！一個人在世上，短短幾十年，如果不能有所作為，留個好名聲，那就白活了！

丫鬟：說的有道理。

才子：叫什麼名字？

丫鬟：我……其實沒名字，我是夫人收養回來的，打小就叫丫頭。我們老爺……老爺給我取過一個名字，但是也不這麼叫，還是叫我丫頭。

才子：老爺給妳取什麼名字？
丫鬟：不好聽，不要說了……
才子：說我聽聽？
丫鬟：叫……桂花。
才子：哈哈哈……咳咳咳……
丫鬟：你看，嗆過水了，別這麼大笑。

（丫鬟為才子拍背。）

才子：謝……謝謝……
丫鬟：您休息，我上街去辦事，回頭再來看您。
才子：我……都是妳安排的？
丫鬟：沒什麼，他們把您從水裡撈上來，都不知道該怎麼辦？我僱了兩個小哥，把您抬到客棧。
才子：我……謝謝……
丫鬟：別客氣了。只是……您怎麼掉水裡的？沒見到有船呀？
才子：我……真想不起來了……
丫鬟：好了，快躺下。
才子：糊裡糊塗，昏昏暗暗……
丫鬟：別想了。
才子：很多時候，你覺得自己都計畫好了，但是，偏有些什麼，擋在眼前。

丫鬟：什麼？

才子：說不上來，迷迷濛濛，混沌一片。這麼說，你來到一座水邊的樓台，找到了開闊的視角，坐下來，準備飽覽風景。

丫鬟：挺享受的。

才子：這時候，就來了一個人，橫擋在你眼前。

丫鬟：把風景遮住了。

才子：倒還沒有。但是他左晃晃，右晃晃，晃得我心神不寧。

丫鬟：這人一定長得不怎麼樣，若是個絕世佳人，您還巴不得她晃呢！

才子：說得也是……不，妳沒全懂我的意思。

丫鬟：公子，我是個丫頭，就算您再解釋，我也全懂不了的。

才子：我這麼問妳，妳心裡有什麼願望？

丫鬟：我的願望？

才子：人，或大或小，一定有願望的。

丫鬟：我的願望……不能告訴你。

才子：有願望，就要往願望的方向前進。願望不會自己送上門，要拚命的追。

丫鬟：追？

才子：我說一個故事。一個打魚的，網到了一個夜壺。

丫鬟：髒死了！快扔掉！

才子：打魚的一輩子住在船上，大小事兒直接往水裡去，沒用過夜壺。

丫鬟：還有人沒見過夜壺的？

才子：打魚的很仔細的用水清洗這個夜壺，發現它是個青瓷的，上面還有古樸的花紋。

丫鬟：挺講究的，可能是富貴人家用過的。

才子：打魚的把夜壺洗乾淨，用布擦乾，出怪事了！

丫鬟：怎麼了？

才子：夜壺冒出了粉紫色的煙，一直冒一直冒！

丫鬟：為什麼？

才子：煙霧之中，妖魔現形，是一隻鼉龍。

丫鬟：什麼是鼉龍？

才子：又叫做鱷魚。

丫鬟：什麼是鱷魚？

才子：妳沒見過鱷魚？

丫鬟：聽都沒聽過。

才子：沒關係，我也沒見過。這鱷魚長著四條短腿，大大的嘴巴、長長的尾巴，嘴一張開，滿口森森白牙。

丫鬟：好可怕。

才子：鱷魚說了「誰放我出來的？」打魚的說「是我。」鱷魚說「別動，我要吃掉你！」

丫鬟：啊？人家放你出來，你還要吃了人家？

才子：「我在夜壺裡關得太久了，一定得吃掉你！」

丫鬟：你塞在夜壺裡，關打魚的什麼事呀？

才子：「當初，我與另一個神仙鬥法，我輸了，神仙就把我關進這個夜壺裡，沉入水中，必須有人撈起來，擦乾淨夜壺，才能放我出來。我許願，誰把我從夜壺放出來，我就永遠服侍他！」

丫鬟：結果呢？

才子：「一百年過去了，我還在夜壺裡。」

丫鬟：沒人發現。

才子：「我又許願，誰把我從夜壺放出來，我就幫他完成三個願望！」

丫鬟：然後呢？

才子：「五百年過去，我還在夜壺裡。」

丫鬟：他大概已經住習慣了。

才子：「於是，我哀嚎、我抱怨、我詛咒！誰把我從夜壺放出來，我就吃掉他！」

丫鬟：太狠心了。

才子：「整整一千年了！看來我們有緣，我要吃掉你！」

丫鬟：太過分了。

才子：打魚的很冷靜，風裡來浪裡去，奇奇怪怪的事兒他其實也見多了。他對鱷魚說「吃，想吃你就吃吧。」

丫鬟：他倒甘願呀？

才子：「但是我有一事不明，你回答我，我才死得明白。」

丫鬟：什麼事？

才子：「您的長相這麼威嚴，身形這麼魁梧，如此一個小夜壺，怎麼可能塞下您？」

丫鬟：什麼時候了，還有閒心說這個！

才子：鱷魚非常驕傲，說道「我法力無邊，化成紫煙，就能塞進去。」

丫鬟：我不信。

才子：打魚的說「我不信，除非你做給我看。」

丫鬟：對。

才子：鱷魚說「哼！教你死個明白！」說罷，大喝一聲，化成一團紫煙，收進夜壺裡。」

丫鬟：他說的是真的。

才子：打魚的二話不說，把夜壺糊滿爛泥，裝進漁網，裝進好幾個大石頭，噗通！又丟回水裡去了。

丫鬟：聰明！

才子：故事好聽吧？

（略一停頓。）

丫鬟：有意思，您不記得怎麼落水，卻記得故事？

才子：對呀？

丫鬟：奇怪。

才子：或許因為，落水只是個人際遇，無關緊要。故事攸關眾人，所以重要。

丫鬟：個人不重要，眾人才重要？

才子：又或者說，得到眾人的認同，很重要。

丫鬟：我不懂。

才子：我也要像那些故事，寫下千古名句，令眾人傳誦！

丫鬟：什麼句子？

才子：落霞……與孤鶩齊飛……秋水……共長天一色……

丫鬟：您反覆的說這兩句，為什麼這麼看重？

才子：恐怕我得先解釋，妳不一定懂。

丫鬟：公子取笑了。

才子：落霞、孤鶩、齊飛，一隻水鳥在傍晚的彩霞裡單飛。

丫鬟：落霞孤鶩齊飛……

才子：落霞「與」孤鶩齊飛。

丫鬟：「與」字可有可無。

才子：妳懂什麼？下一句秋水共長天一色，就是水天相接，融匯在一起。

丫鬟：秋水長天……

才子：秋水「共」長天。

丫鬟：「共」字很多餘。

才子：妳懂什麼？

丫鬟：我們家老爺是……是個讀書人，我陪在旁邊，也聽了不少的。

才子：是嗎？改日，應當拜見妳家老爺。

丫鬟：喔……恐怕，老爺他……

才子：跟妳說說話，我的精神都回來了。

丫鬟：您年輕，復原得很快。

才子：是呀，我還不到三十歲呢。

丫鬟：不知道，您家裡……

才子：既然我是從水裡來的……

丫鬟：嗯？

才子：就一定要回水邊看看。

丫鬟：危險吧。

才子：或許就能想起來。

丫鬟：公子！公子！

才子：去也！

（才子整頓衣冠，如前場，做了一系列無意義的舞蹈動作，下。）

（丫鬟捧看手中的繡囊。）

丫鬟：只留下一個空空的繡囊……還沒來得及問他姓什麼，

有沒有家人？有沒有心上人？他就又跳回水裡……再也沒浮起來……

（燈光變化，丫鬟唱歌仔調〈秋夜曲〉。）

桂花開透秋風寒，離別情人恨孤單。
暝日憂愁，思念同心伴，天光想到日落山。
冷風吹著剾心腸，幾粒孤星伴月亮。
滿腹心情，無人通慰問，秋天冷淡引心酸。

（唱曲過程中，燈光變化，轉場。本段結束。）

第三出　聲中聲

（隨著歌聲，場景變換，桌子擺設在偏台一側，上端一椅，表現為相爺的書房。丫鬟一人在場上。）
（續前場，丫鬟接著唱。）

丫鬟：三更過了雞聲啼，陣陣東風吹柳枝。
不知何時，會得君相見？傷心怨嘆空相思。

（歌唱中，相爺悄悄登場，一旁聆聽。聽罷，燈光變化。）

相爺：好好好！唱得真好！
丫鬟：老爺！您聽見啦？
相爺：我全都聽見了。
丫鬟：您也不出個聲，奴婢害臊……
相爺：一出聲，妳就不唱了，我就聽不到了。剛才唱的是什麼呀？
丫鬟：是我家鄉的曲調。

相爺：我怎麼……好像……不完全聽得懂？
丫鬟：我是南方人，那是用家鄉話唱的。
相爺：喔……好聽！好聽！再唱一個？

（頓，丫鬟找理由想逃離。）

丫鬟：藥煎好了，我去端來……
相爺：別別別！我不喝。
丫鬟：拉肚子拉了四五天，還不喝藥，不成的。
相爺：隨便吧！反反覆覆，拉幾天，喝藥，不拉了，變成拉不出屎！堵在那兒幾天，得灌腸，灌完又拉，連續拉，再喝藥？
丫鬟：這是水土不服。
相爺：服不了！就不是這兒的人，非叫我到這兒來，不就是為了弄死我！
丫鬟：您小點聲。
相爺：怕什麼！難不成這荒山野嶺的，還有人監視？
丫鬟：難說……
相爺：（故意大聲）狐群狗黨，讓他們在朝廷一時風光，老夫有朝一日官復原職，教你們死無葬身之地！
丫鬟：老爺，您小點聲。
相爺：罰你們喝藥！灌腸！

丫鬟：老爺！

相爺：一會兒拉不出屎！

丫鬟：老爺！

相爺：一會兒狂瀉不止！

丫鬟：老爺！

相爺：狗黨小人得志，看你能得意到幾時！

丫鬟：別說了。

相爺：哎喲……我的肚子……

丫鬟：快坐下來。

（丫鬟攙扶相爺入座。）

相爺：哎喲……

丫鬟：咦？

相爺：怎麼？

丫鬟：您聽見了嗎？

相爺：聽見什麼？

丫鬟：外面的聲音。

相爺：果然有人監視！

丫鬟：不是，不是人。

相爺：出去看看？

（丫鬟向外探看。）

丫鬟：星月皎潔，明河在天，四無人聲，聲在樹間。

相爺：噫嘻，悲哉！此秋聲也！

丫鬟：老爺，您說什麼？

相爺：秋天來了，是秋天的聲音。

丫鬟：秋天的聲音？

相爺：唉……丫頭啊，本來咱們在京城，日子過得有模有樣。

丫鬟：那當然，老爺是當朝首相，我們跟著您過日子，當然沒話說。

相爺：可是，突然就被編派到這個鬼地方！

丫鬟：老爺不要灰心，我相信很快就能回去的。

相爺：當然！那是當然！我是說，妳看呀，兩位夫人我都沒帶來，就帶了你們幾個，安排日常吃住。辛苦妳啦！

丫鬟：老爺別見外，那都是奴婢們該做的。

相爺：所謂人生難得共患難，妳想要什麼，說出來，我替妳辦到。

丫鬟：啊？真的？

相爺：當然是真的。

丫鬟：您既然問，那我就放肆說了。

相爺：妳說。

丫鬟：奴婢……奴婢需要個名分。

相爺：我不給妳取過名字，叫個……叫個什麼來著？

丫鬟：桂花。

相爺：桂花，挺好的。但是妳從小就叫丫頭，叫習慣，都改不過來了。

丫鬟：我說的不是名字，是名分。

相爺：唉……現在確實不容易，山高水遠的，有朝一日，老夫回返京城，官復原職，到那時，必定給妳找個好人家，風風光光，明媒正娶，八人大轎抬過去，妳就有名分了。

丫鬟：我不需要八人大轎……

相爺：想當初，八人大轎也就是日常。

丫鬟：我需要個保障。

相爺：老夫何等風光！

丫鬟：我願意低調。

相爺：我有仇必報！

丫鬟：女人的頭髮，就是女人的名節。

相爺：聖上的信賴，就是臣子的名節。

丫鬟：我把自己的頭髮剪下一撮。

相爺：我恨不得把他們捏成一坨！

（丫鬟取出繡囊。）

丫鬟：這個繡囊，是前幾天那位公子送我的。

相爺：這個仇恨，是那幫狗東西塞給我的。

丫鬟：他說把重要的東西放在裡面，交給重要的人，願望就能實現。

相爺：我返回京城的願望，不知何日能實現？

丫鬟：我指望你。

相爺：而我能指望誰？

丫鬟：我信任你。

相爺：我不知道可以信任誰？

丫鬟：你是最重要的人。

相爺：我的心情很沉重。

丫鬟：你是我要託付的人。

相爺：我的精神無處可以託付。

丫鬟：老爺！

相爺：蒼天！

丫鬟：所以，這撮頭髮，放進繡囊裡，就是把我自己……託付給您了！

（丫鬟雙手捧起繡囊，高舉過頭，獻給相爺。相爺糊裡糊塗的接過。）

相爺：這個……意思是？

丫鬟：您收下。

相爺：這是？

丫鬟：貴重的東西，藏在衣服最裡面，別給人發現了。

相爺：喔……

丫鬟：謝老爺恩典。

相爺：我……什麼恩典？

丫鬟：您答應收我，這麼算來……是四太太。

相爺：什麼四太太？

丫鬟：我是您的小妾呀！

相爺：妳是我的丫頭。

丫鬟：我早就不止是您的丫頭了……

相爺：說說笑話可以，不可當真。

丫鬟：啊？

相爺：我……我年紀太大了。

丫鬟：我不覺得。

相爺：妳……青春正盛，我不好耽誤妳。

丫鬟：瞧您說的……您的身旁，從來也都沒少過年輕的。

相爺：別聽外人胡說。

丫鬟：我是家裡人，家裡發生的事情，我全知道。

相爺：家裡那些下面的人，也是亂傳。

丫鬟：您的親姪女兒……

相爺：唉！謠傳！謠傳！
丫鬟：您的兒媳婦兒……
相爺：誤會！誤會！

（丫鬟忽然蹦進相爺的懷裡。）

丫鬟：你對旁人說誤會，我可沒誤會！
相爺：那些也都是……風流韻事嘛。
丫鬟：你是大老爺們兒，你風流韻事了，十六七歲的姪女兒，她也風流？二十出頭的兒媳婦兒，她也韻事？
相爺：逢場作戲，她們畢竟年輕，沒關係的。
丫鬟：女人年輕沒關係？女人是要多老才有關係？
相爺：我後來也都補償她們了。
丫鬟：那我呢？
相爺：妳什麼？
丫鬟：我風流韻事？還是逢場作戲？
相爺：妳不一樣。
丫鬟：我也是女人。
相爺：妳不是她們。
丫鬟：我也是年輕的女人！
相爺：妳是個下人！是個丫頭！是個奴婢！

（停頓許久。丫鬟緩緩脫離相爺懷抱。）

丫鬟：聽，就是個聲音？

相爺：什麼聲音？

丫鬟：仔細聽……

相爺：我沒聽見。

丫鬟：有什麼東西來了的聲音？

相爺：不要大驚小怪。

丫鬟：我們屋前就是小河，該不會是那個來了？

相爺：哪個呀？

丫鬟：您知道什麼是鱷魚嗎？

相爺：鱷魚？誰跟妳說的？

丫鬟：是……

相爺：鱷魚是這世上最惡毒的東西！

丫鬟：哦？

相爺：又叫鼉龍、豬婆龍，龍生九子，各個不同，最末尾的那隻雜碎，被貶到凡間，住在河邊的爛泥灘上，專門殺生。

丫鬟：吃人呀？

相爺：什麼都吃，驢馬、牛羊、虎豹，無一倖免，當然也吃人。

丫鬟：好可怕。

相爺：一張大嘴，終其一生，不停的長出牙齒，甚至同類相食。

丫鬟：好殘忍。

相爺：連自己下的蛋、孵出的小鱷魚，都照吃不誤！

丫鬟：啊？

相爺：一邊吃，還一邊流眼淚。

丫鬟：牠……是後悔嗎？

相爺：假慈悲！所以人們就管「假慈悲」叫做「鱷魚的眼淚」！

丫鬟：這……這真是可惡呀！

相爺：就像那幫朝廷裡的狗東西！他們就是鱷魚！

丫鬟：是嗎……

相爺：徹徹底底的冷血動物！

丫鬟：冷血動物？

相爺：當年韓愈被貶官到潮州，第一件事，就是趕走冥頑不靈的鱷魚。

丫鬟：冥頑不靈？

相爺：唉！想我自己的處境，也差不多。昨天，還貴為當朝首相。今天，就貶官流落到這蠻荒異域。

丫鬟：喔。

相爺：幸虧還有妳……

丫鬟：老爺……

相爺：丫頭……我對不住妳，不能給妳名分。

丫鬟：我不強求了。

相爺：我可以給妳錢。

丫鬟：也行，那是多少？

相爺：妳要多少？

丫鬟：我還沒想好。

（相爺取出繡囊，欲還給丫鬟。）

相爺：這個，是不是該還給妳？

丫鬟：收下吧。

相爺：這麼貴重的東西，我……

丫鬟：您不是願意付錢嗎？

相爺：是。

丫鬟：就當您是花錢買下了我的頭髮。您付的錢，還多，看您是願意喝藥，還是願意灌腸，還是要點其他的，都行。我在房裡等您。

（丫鬟下。燈光變化，相爺走向台口，清唱〈秋水伊人〉，燈光聚焦。）

相爺：（唱）望穿秋水，不見伊人的倩影，

更殘漏盡，孤雁兩三聲。

往日的溫情，只換得眼前的淒清，

夢魂無所寄，空有淚滿襟。

幾時歸來呀？伊人喲！幾時你會走過那邊的叢林？

那亭上的塔影，點點的鴉陣，依舊是當年的情景。

幾時歸來呀？伊人喲……

（悠悠歌聲中，燈光漸暗，乃至全暗。本段結束。）

第四出　樂而樂

（燈光變化完成，舞台正中央，工工整整的擺設一桌二椅，是府衙客廳。相爺與司馬剛剛說完一番話，正待起身告辭。）

相爺：如此，大人公務繁忙，下官告退。

司馬：唱得挺好的，再唱一個嘛！

相爺：大人取笑了。貶官就是這麼一回事，在哪個位子上，唱什麼樣的詞兒。

司馬：相爺。

相爺：大人萬萬不可再提。

司馬：伯父！

相爺：嗯？

司馬：您與我父親是同榜進士，難道不該稱您伯父？

相爺：令尊？

司馬：二十年前就去了。

相爺：可惜呀。

司馬：走得很安詳。

相爺：你外放到這裡任官，物產不豐，稅收短少，何以營生呢？

司馬：我想好了，可以發展觀光事業。

相爺：這裡有什麼觀光條件呢？

司馬：江邊一片爛泥灘，正在打地基，您看見了？

相爺：有？

司馬：在原本的爛泥灘蓋起一座樓台，吸引觀光客！

相爺：蓋樓？

司馬：正是。

相爺：我聽說爛泥灘上，原本好像住著人呢？

司馬：都是一些遊民。把他們趕走，放火，一傢伙燒乾淨！

相爺：放火？

司馬：說錯了，不是放火，是「不明原因」起火，花了好大的工夫救火，還是不幸燒光了。幸虧沒有人員傷亡。

相爺：總得調查起火原因？

司馬：不能調查！

相爺：嗯？

司馬：調查不了。因為上游突然發大水，沖下來，把火場沖洗得乾乾淨淨了。

相爺：如此看來，是天意呀？

司馬：天意天意。

相爺：萬一日後又發大水，怎麼防範呢？

司馬：其實不會發大水。

相爺：嗯？

司馬：江水流到我們這裡，剛好一彎，形成了一個小小的湖泊，我們在下游修了水閘，水位一高，我們就開閘，水就淹到下游去了。

相爺：淹下游？

司馬：反正不淹我就行了。

相爺：你這是典型的州官放火。

司馬：啊？

相爺：從前有個酷吏，叫做田登，登山的登。一朝得勢，當了官，居然不准百姓犯官諱。不只是「登」不准寫了，帶著偏旁的也不行。

司馬：這個作法太極端了。

相爺：說話的時候，諧音相近，「登等等凳」，都不准說出來。

司馬：「登」山？

相爺：「爬」山。

司馬：「等」車？

相爺：「候」車。

司馬：板「凳」？

相爺：通通裝上椅背，取消板凳。

司馬：太嚴格了。

相爺：地方上的百姓，眼睛都瞇得細細小小的。

司馬：這是為什麼呢？

相爺：不許「瞪」人嘛。

司馬：好嘛。

相爺：就連那幾戶姓「鄧」的，都趕緊搬家了！

司馬：姓也不准啦？

相爺：要知道，地方官，可以說就是一方之霸，就是土皇帝。

司馬：喔！承教！承教！

相爺：元宵佳節到了。

司馬：元宵節，鬧花燈。

相爺：那怎麼可以？有個「燈」字？

司馬：不能賞燈，還叫什麼元宵節呀？

相爺：貼告示的人很痛苦，元宵放燈，與民同樂，是多好的政績？不能取消。

司馬：說得是呢。

相爺：只好硬著頭皮，把字只寫一半。

司馬：所以？

相爺：寫成「元宵放『火』」。

司馬：這個笑話很深奧，習慣寫簡體字的人聽不懂。

相爺：嗯？

司馬：簡體字的「灯」，火字旁加上「丁」，根本沒有「登」。

相爺：這個故事的原作者，是宋朝的陸游，古代寫正體字。

司馬：笑話太深了不好，大家還要先念過書才聽得懂。

相爺：原本就是這個道理。

司馬：我們應該為不念書的人，編一些他們也聽得懂的笑話。

相爺：笑話，就是取笑不念書的，世人都不念書，笑話也就不用再編了。

司馬：好像也對。

相爺：這個笑話，就是「只准州官放火，不許百姓點燈」的由來。

司馬：我覺得可以參考，以備將來編劇之用。

相爺：編劇？

司馬：樓台蓋好，登樓遠眺，往上游看，銜遠山吞長江，往下游看，浩浩湯湯，橫無際涯。

相爺：你也念過書啊？

司馬：伯父取笑。

相爺：接著說？

司馬：光看景色還不夠，還得說故事。編一些仙魔鬼怪、才子佳人、少年勵志的故事，和景點結合，再炒幾道小菜，完美了！

相爺：你是個人才呀！

司馬：伯父誇獎。

相爺：那好，我再說個故事，或許你將來有用。
司馬：願聞其詳。
相爺：火神，叫「祝融」，水神，叫「共工」。
司馬：這個故事我知道。
相爺：你知道？
司馬：我是念過書的。
相爺：是。
司馬：祝融教會人們用火，改善了生活品質，受到全人類的愛戴。
相爺：對。
司馬：共工就吃醋了，找祝融挑釁，兩人打起來，共工打敗，一生氣，撞倒頂天的不周山，天裂開一條大縫，水嘩啦嘩啦的潑到世界上來。
相爺：嗯。
司馬：女媧娘娘，煉石補天，才解除了一場大災難。
相爺：說得很好。
司馬：這是神話故事，其實反映出上古人類求生存的紀錄。
相爺：哦？
司馬：「祝融」、「共工」都不是一個「個人」，是象徵，已經學會用火的的人類，克服冰河時代之後的大洪水，努力活下來。
相爺：不錯不錯！不執迷故事，有觀察見解，很好。

司馬：伯父誇獎。我覺得這個故事很正確。

相爺：何以說「正確」？

司馬：「水」、「火」都是大自然的現象，水火不容、水火無情、水深火熱，這些詞語都表達了人類的渺小，以及無能為力。但是，哪怕是蚍蜉撼樹、螳臂當車，弱小的人類還是窮極一切的努力，掙扎著活下去！

相爺：說得好！等一下……

司馬：怎麼了？

（略一停頓。）

相爺：還是為了照顧書讀得少的人，什麼是「蚍蜉撼樹」？

司馬：蚍蜉是一種短命的小蟲，朝生暮死，居然想去搖動大樹。

相爺：什麼又是「螳臂當車」？

司馬：螳螂長著兩隻厲害的鐮刀手臂，但是用來擋車子，也絕不可能。

相爺：好了，謝謝。

司馬：我們讀書人，又是當官的，應當把這樣的智慧，傳達給老百姓，誘導他們、教化他們，在官府的領導下，做正確的事。

相爺：怪不得你說「正確」。

司馬：官府要釋放正確的訊息，使得百姓有所依循，也好做出正確的行為。

相爺：對。

司馬：「開倉放糧」，是百姓最喜歡的事。

相爺：可以不勞而獲。

司馬：但是，地方官府明明沒有糧，要怎麼放？

相爺：是呀？

司馬：於是，我們就要跳出來，大聲疾呼！跟百姓站在一起，呼喊朝廷，叫朝廷放糧！

相爺：朝廷放糧？

司馬：朝廷也沒有糧。

相爺：那怎麼辦？

司馬：不怎麼辦，騙百姓，朝廷體恤百姓，有糧！

相爺：哪兒來的糧？

司馬：其實是之前橫徵暴斂，積攢下來的。

相爺：百姓自己的糧？

司馬：一點兒都沒錯！

相爺：嘿！

司馬：大家根本忘了，原本其實並不缺糧，為什麼要開倉放糧呢？

相爺：咦？對呀？

司馬：這就叫「操作」。

相爺：啊？

司馬：官府要懂得製造一個話題，並且建立正確闡述這個話題的方向。然後，把話放出去！

相爺：這叫「釋放議題」。

司馬：您內行。在民間安插一些暗樁，那些也讀過書的、或者愛說閒話的，我們施以小惠，讓他們帶頭說。

相爺：這叫「帶風向」。

司馬：您高明。排除雜音，累積聲量，「正確」的話題排山倒海而來，那就是「民意」！

相爺：民意如流水，載舟亦能覆舟。

司馬：而且還要告訴大家，那些都是「年輕人」的想法。

相爺：老人迂腐，才會意見不同！

司馬：不知不覺的，匯聚成一股「正確」思維，彷彿，大家都應該「正確」。

相爺：百姓真好騙。

司馬：都這樣搞了好幾千年了。

相爺：是呀。

司馬：最後再把責任，推給前任官員、推給前朝皇帝，推給「老人」，帶著百姓罵一罵，然後就忘了。

相爺：哈哈哈……痛快！痛快！

司馬：伯父取笑了。

（略一停頓。）

相爺：你這樣的才幹，流落地方實在太可惜了！

司馬：待等伯父奉詔還京，重登首相之位，小姪願牽馬墜鐙，隨侍左右。

相爺：欸！此話不必再提，我是不回去的了。

司馬：朝中奸黨，總有敗亡的一天。

相爺：他敗他的，我活我的，來到你這地方，我寧願安享江湖之樂。

司馬：小姪慚愧。

相爺：無論如何，我是不打算回去了。

司馬：小姪願以地方司馬之職，奉養伯父，一如親父！

相爺：別別！這多見外！我忝為州衙主簿，請司馬大人指派任務才是。啊？

司馬：哈哈哈……那就請主簿揮毫，為即將落成的樓台題字，如何？

相爺：那倒可以，老夫題字，也可以流芳後世了！

司馬：相爺書法，當世無雙！

相爺：但不知，題個什麼字呢？

司馬：「先天下之憂而憂，後天下之樂而樂」。

相爺：怎麼會想題這一句？

司馬：想起朝廷我就憂，看到百姓我就樂。

相爺：哦？

司馬：朝廷不撥錢糧，憂。但是百姓遭災，可以請領特別補助，就樂了！

相爺：噫！

司馬：無知的百姓在我的操弄之中，放火燒，我很樂，放水淹，我也樂。

相爺：你這種為官的境界，真是……

司馬：啊？

相爺：真是我輩中人！哈哈哈……

司馬：您的意思，我聽不明白？

相爺：該是時候了！

司馬：啊？什麼時候？

（相爺取出繡囊，以及一枚銅錢。）

相爺：這枚銅錢，就是我黨的信物。有朝一日你返回京城，到老太太胡同錢家小館兒，上樓，認明門上的標記，進去就對了。

司馬：同黨的聯絡地點就在首都鬧市之中，高啊！

相爺：大隱隱於朝。

（相爺將繡囊內的頭髮清空，將銅錢裝入，交給司馬。）

司馬：您說標記？什麼標記？
相爺：你自己看看。
司馬：啊？一面水！一面火！怪不得剛才您提共工和祝融，原來……
相爺：從今以後，我們就是同黨了。
司馬：謝相爺栽培。
相爺：別這麼見外。
司馬：謝謝伯父。
相爺：欸！同黨，就是兄弟、就是年輕人！
司馬：如此……
相爺：賢弟！
司馬：大哥！

（兩人起身，四手互執，淚光閃閃，顯得十分激動。）
（燈光變化，本段結束。）

第五出　刑又刑

（燈光變化完成，光區集中於下舞台一側，一把椅子，示意為官府的牢房。司馬大人端坐，一個女犯人跪在一旁。）

司馬：重新占卜，可有結果？
女巫：啟稟大人，有。
司馬：說。
女巫：水邊樓台的興建，是百年功業，將會福蔭子孫萬代，一方百姓將永遠感念大人施政的恩德。
司馬：哈哈哈！這不就對了嘛！先前妳又何苦要卜出忤逆之卦呢？
女巫：民婦一時糊塗，大人開恩。
司馬：這，對外宣稱的時候，要怎麼向鄉親交代呢？
女巫：就說……是民婦用來占卜的龜殼，早有破損，一時不察，以致卜卦出錯。
司馬：哈哈哈！好極了！果然接地氣！老百姓就會相信這個！

女巫：大人英明。

司馬：起來回話吧。

女巫：謝大人，民婦寧願跪著。

司馬：叫妳站著，怎麼還願意跪著呢？

女巫：免得一會兒說話不適當，又被大人罰跪，一站一跪的，膝蓋疼痛。

司馬：唉！你們這些當平民百姓的，無所用心，怎知地方父母官的難處呀！

女巫：大人一呼百諾，有何為難呢？

司馬：說了妳也不會懂，不如，就說給妳聽吧！

女巫：啊？

司馬：萬一說了還是聽不懂，本官被迫，就得用刑了。

女巫：不！大人！民婦願意努力，盡量聽懂大人的教化。

司馬：唉，好吧，本官勉為其難，姑且一試。

女巫：謝大人。

（略一停頓。）

司馬：妳，是百姓，百姓安居樂業，靠什麼？

女巫：靠每個人的善良、本分？

司馬：錯！所以說妳不懂。百姓就是一張張吃飯的嘴，得把飯塞進他們嘴裡。

女巫：這個說法也對。

司馬：用飯堵住他們的嘴，好讓他們少說話，最好別說話。

女巫：只進不出？

司馬：對。而我們這些當官的，就要想盡辦法，餵養百姓。

女巫：所以要尊奉朝廷的命令？

司馬：錯！所以說妳不懂。朝廷，遠在天邊，皇上，那更是住在天上，皇上想要怎麼治理天下？沒有人知道。

女巫：那些在朝廷當官的大人呢？

司馬：都是揣摩上意的豬！

女巫：啊？

司馬：想出那些不切實際的辦法，以為得到了皇上的信任，就通令地方執行。

女巫：好像也對。

司馬：我們這些地方官，上有朝廷、下有百姓，為官之艱難，不是妳能懂的。

女巫：民婦確實不懂。

（頓。司馬大人做思考狀。）

司馬：唉！說了妳也不會懂，不如，就說給妳聽吧！

女巫：大人為難，可以不說。

司馬：如果不說，難收教化之功，本官就不免要對妳用刑了！

女巫：啊！不！大人！民婦願受教化。

司馬：雖然古人曾說「苛政猛於虎」，那不是本官的作風。本官聽說有的地方，因為官府的德政，連老虎都能感化了，離開山林、集體渡河，遷移到別的地方去。

女巫：大人要施行德政，就得知道百姓的需要。

司馬：那就得讓百姓說話，太危險了！

女巫：百姓完全不說話，大人又想施行德政，怎麼辦到呢？

司馬：百姓不是完全不能說話，重點是，什麼能說、什麼不能說。

女巫：如果百姓是要頌揚大人的功德呢？

司馬：一點就通！殊堪教化！

女巫：謝大人誇獎。

司馬：我們打開天窗說亮話。

女巫：大人請。

司馬：我盼望妳盡量聽懂。

女巫：民婦一定努力。

司馬：妳被鄉親們稱為女巫，還會弄蛇，想必很會演。

女巫：養蛇是我的祖業。

司馬：所以，我的見解，妳比較容易聽懂。

女巫：民婦不敢這麼想。

司馬：教化百姓，必須要有故事。一個感動人心的好故事，勝過嚴刑峻法。

女巫：大人說的有道理。

司馬：治理地方，首要的就是說故事！

女巫：故事？怎樣的故事呢？

司馬：這真的得要用點頭腦，難為妳了。

女巫：民婦努力。

司馬：說！說一種不常見的魚！

女巫：鱷魚！

司馬：鱷魚？虧妳想得出來呀！本官自己就從來沒見過鱷魚。

女巫：大嘴、長尾巴、四條腿。

司馬：好！就是鱷魚了！說我們這個地方，從前有一個年輕人，從小沒了父親，母親獨力撫養他，家境清寒，沒錢讀書。

女巫：大人果然是讀過書的！

司馬：怎麼說？

女巫：真會編故事！

司馬：好說好說。

女巫：一開口，把一個人物的基本要件，「年輕」、「孤苦」、「貧窮」、「好學」，一言以蔽之了！

司馬：生長在一個動盪不安的朝代。

女巫：高！把一切的失敗推給前朝！

司馬：哈哈哈！這個年輕人，本來也是平凡度日，直到有一天，他來到河邊，見到一群小鱷魚。

女巫：鱷魚用在這裡？

司馬：這群小鱷魚看見有人來，紛紛跳進河裡。

女巫：本能反應。

司馬：重點來了！

女巫：哦？

司馬：河水非常湍急，小鱷魚跳進水中，只要順流而下，很輕易的就能逃走。

女巫：是。

司馬：但是，這群小鱷魚，有著堅毅不拔的意志，跳進河裡，居然逆流而上。

女巫：多麼不平凡！

司馬：年輕人看到這一幕，深受感動。

女巫：喔？

司馬：想起自己，不就好比小鱷魚一樣，必須要在逆境中，堅毅向上。

女巫：受到啟發了？

司馬：於是，努力奮發，終於為國家民族幹出了一番大事業！

女巫：好感動喔！

司馬：妳看！說故事的效果多好！

女巫：就是！就是！

（略一停頓。）

司馬：我這麼說，妳都懂嗎？

女巫：民婦頗受感動，但對其中的道理，還是一知半解？

司馬：這也難為妳了，不勉強、不勉強。

女巫：民婦愚蠢。

司馬：看在我們談話投機，跟妳說點實在話。

女巫：謝大人恩典。

司馬：把官府要宣達的政令，寫成劇本，妳們來演，本官行教化之功，妳們也可藉由演戲，表達對官府的服從。

女巫：演戲的目的是這樣的？

司馬：學問很深，一般人真的不容易懂。

女巫：可是，演戲，很花錢的。

司馬：政府可以補助。

女巫：有這等好事？

司馬：政府願意補助，拿了政府補助，叫你演什麼，你就得演什麼，內容不正確的，就掐斷補助！

女巫：原來如此。

司馬：只有那些一直配合政令的、內容正確的，可以一直收到政府補助，一直演下去。

女巫：一直演鱷魚？

司馬：我當政，演鱷魚，改天換了當政者，他喜歡其他的鯽魚鯉魚、烏龜王八蛋的，聽話照演就是了。

女巫：是。

司馬：然而，政府補助的錢，從哪兒來呢？還是看戲的人，得要花錢。

女巫：羊毛出在羊身上？

司馬：得為花錢的人設計配套，讓他們願意花更多的錢。

女巫：怎麼辦到？

司馬：一邊看戲，一邊吃飯。

女巫：吃……什麼呢？

司馬：就吃……鱷魚！

女巫：鱷魚能吃嗎？

司馬：天下萬物，哪有不能吃的？鱷魚有沒有頭？

女巫：有頭。

司馬：麻辣鱷魚頭。

女巫：啊？

司馬：鱷魚有沒有尾巴？

女巫：有尾巴。

司馬：清蒸鱷魚尾。有沒有四條腿？醋溜前腿、紅燒後腿。有沒有五臟六腑？當歸下水！有沒有鱷魚蛋？烘蛋、炒蛋、三色蛋！

女巫：鱷魚全餐？

司馬：鱷魚皮扒下來，做成皮衣、皮褲、皮鞋、皮包、皮箱。

女巫：文創商品？

司馬：花錢看戲、花錢吃飯、花錢買東西，臨走，每個小朋友送一個鱷魚氣球，免費。

女巫：為什麼要送氣球？

司馬：要小孩兒記住，官府的恩德。

女巫：小孩兒也要記住？

司馬：如此一來，小孩兒長大了，就懂得感恩，也會教誨未來的孩子們，遵從官府的教化。

女巫：我好像有點懂了？

司馬：難為妳了。

女巫：謝大人教誨。

司馬：如此看來，妳堪能教化，本官不必動用大刑啦？

女巫：都是大人教化有功。

（司馬大人從懷裡取出那個繡囊。）

司馬：好極了！哈哈哈！這裡面，原本放的是破獲奸黨的證據，被我呈報朝廷。現在，裡面放的是牢房的鑰匙，我離開以後，妳自己開門出去。然後，準備好演出。樓台蓋好，看演出、吃鱷魚，妳造福鄉里功勞不小，本官到時必定重重有賞！

女巫：謝大人！

司馬：我可提醒妳，做人要憑良心哪。若是逃跑，不憑良心，下場不好啊。

女巫：民婦不敢。

司馬：說一個沒良心的故事，但說了妳也不會懂，不如，就說給妳聽吧！

女巫：大人真的不必勉強。

（司馬大人自顧自的說起來。）

司馬：一條鱷魚，在河灘上睡覺，剛好一條毒蛇經過，在鱷魚的腳趾頭上咬了一口，鱷魚在睡夢中，一命嗚呼！

女巫：好像……很冤枉？

司馬：可不是冤枉嘛！一個道士，剛好用天眼通看見了這個情況，於是，來到鱷魚身邊，施法！鱷魚就活回來了。

女巫：善哉善哉！

司馬：萬萬沒想到，鱷魚剛醒過來，看見旁邊有個活人，張嘴就要吃他！

女巫：啊？

司馬：道士說「我救了你一命，你不能吃我。」

女巫：沒良心哪！

司馬：鱷魚找來水牛，問「該不該吃這人」？

女巫：不該。

司馬：水牛怕鱷魚，就說「該吃」。

女巫：沒有是非。

司馬：鱷魚又找來驢子，問「該不該吃這人」？

女巫：不該。

司馬：驢子怕，如果鱷魚不吃人，就要吃自己了，於是也說「該吃」。

女巫：沒有天理。

司馬：剛好狐狸走過，又問狐狸「該不該吃這人」？

女巫：不該。

司馬：狐狸盤算，鱷魚自己吃不了一整個人，還會剩下一些，可以分一杯羹，於是就說「該吃」。

女巫：牠怎麼不吃了自己？

司馬：鱷魚笑著說「沒辦法，問了三個，『國民法官』都說該吃，您……就甘願受死吧！」

女巫：好心沒好報。

司馬：一隻小麻雀停在樹上，一直沒說話。道士一抬頭，看見了麻雀，平靜的說「麻雀呀，我要被鱷魚吃了，把這事兒記下來，說給世人聽聽。」

女巫：世間沒有正義，只剩下故事，隨人怎麼說。

司馬：麻雀說話了「我倒不明白整件事情，除非讓我看見全部的過程？」

女巫：這還有什麼好研究的？

司馬：於是，又找來毒蛇，在鱷魚的腳趾頭上咬一口。

女巫：又死一次。

司馬：道士正要施法……麻雀說話了。

女巫：說什麼？

司馬：「您快跑吧！有些人不可以救！」

女巫：修道之人，任何時候都要有同情心啊？

司馬：「迂腐！沒有良心的人，不值得同情。」

女巫：喔……

（司馬大人說完話立即離去。）

（燈漸暗，以至全暗。本段結束。）

第六出　桃下桃

（一派清新、歡愉的氣氛，兩把椅子放側倒，偏台側一角，表示是水岸邊的綠茵草地。女巫與漁夫兩人在場上。）

女巫：從前，有一個鱷魚媽媽，生了一窩鱷魚蛋。

漁夫：鱷魚？聽說是會吃人的？

女巫：鱷魚媽媽非常細心的照料鱷魚蛋。

漁夫：聽說鱷魚會同類相食的？

女巫：一二三四五六七，一共十二顆，一個都不能少。

漁夫：聽說鱷魚會吃掉自己的蛋？

女巫：鱷魚媽媽一一檢查，在每個蛋上輕輕咬一咬。

漁夫：餓了，忍不住了。

女巫：終於，小鱷魚要來到這個世界上，要破殼而出了！

漁夫：完蛋了。

女巫：一二三四五六七，一共十二條小鱷魚。

漁夫：老鱷魚飽餐一頓。

女巫：咦？

漁夫：怎麼了？

女巫：有一隻的長相怎麼不太一樣？

漁夫：怎麼不一樣？

女巫：鱷魚，應該是四條腿，大大的嘴巴，長長的尾巴。

漁夫：都是這個長相。

女巫：這隻，也是四條腿……

漁夫：那沒錯呀。

女巫：大大的嘴巴……

漁夫：也沒錯。

女巫：長長的尾巴……

漁夫：都沒錯。

女巫：但是背上，怎麼多了一塊圓乎乎的蓋子？

漁夫：大概是胎記？

女巫：鱷魚媽媽反正不懂，十二個孩子通通叼進嘴裡。

漁夫：一口吃了。

女巫：輕輕含著，渡河，到對岸安全的小泥塘裡，小鱷魚可以安全長大。

漁夫：沒吃呀？

女巫：世人看見大嘴尖牙的野獸，就認定牠凶狠。鱷魚，其實是大自然裡出名的慈母，小鱷魚要兩年才能長到夠大，鱷魚媽媽就照顧牠們兩年。

漁夫：是這樣呀？

女巫：一二三四五六七……咦？

漁夫：怎麼了？

女巫：一年過去了，十一條小鱷魚都長長了，怎麼背後有圓蓋兒的那隻，只長圓，不長長呀？

漁夫：身材橫向發展。

女巫：兄弟姊妹嫌牠走路慢，都不願意和牠一起玩。

漁夫：孤單了。

女巫：但是在水裡，小圓蓋兒游泳的速度，不輸給任何人。

漁夫：還是有牠的專長。

女巫：又過了一年，小鱷魚都長得夠大了，母鱷魚離開，一去不回了。

漁夫：得自生自滅了。

女巫：來了一條大蟒蛇，吃掉了三隻小鱷魚。

漁夫：命啊。

女巫：來了一隻花豹，吃掉三條小鱷魚。

漁夫：也是命啊。

女巫：又來了一隻胖河馬，不小心踩死三條小鱷魚。

漁夫：這……還是命啊。

女巫：只剩下三條小鱷魚，包括那隻小圓蓋兒。

漁夫：得好好活著。

女巫：來了一隻大野狼，大哥家是茅草房，一吹就倒。二哥家是木板房，一推就倒，小圓蓋兒的家是用磚頭水泥蓋的，非常堅固……

漁夫：停停停！

女巫：怎麼呢？

漁夫：這明明是「三隻小豬」的故事，怎麼搬到這兒了？

女巫：我從頭開始說的就是「醜小鴨」，你怎麼沒反應？

漁夫：啊？

女巫：故事都是可以套用的。

漁夫：是喲？

女巫：大野狼張嘴就咬，兩條小鱷魚嚇得不敢動，一直發抖一直發抖。這時候，小圓蓋兒跳上前，說「有種你就咬我」！

漁夫：犧牲自己呀？

女巫：大野狼張開大嘴，瞄準了，「喀喳」咬下去！「嘎嘣」一聲！

漁夫：怎麼了？

女巫：剛好上下都咬在小圓蓋兒的硬殼上，一口咬碎了六顆大牙。

漁夫：悲劇了。

女巫：小圓蓋兒其實不是條鱷魚。

漁夫：聽出來了，是一隻烏龜。

女巫：不。是一隻「黿」。

漁夫：什麼是「黿」？

女巫：古人說「黿鼉一家」，黿是一種大鱉，鼉，就是鱷魚。

漁夫：喔。

女巫：鱉下蛋，是下完了就走，對小鱉不理不睬的。

漁夫：典型的射後不理。

女巫：於是，就有一隻鱉媽媽，不小心把一顆蛋下在了鱷魚窩裡。鱷魚媽媽當自己小孩兒養了。

漁夫：沒白養，救了兩個鱷魚兄弟。

女巫：故事好不好聽？

漁夫：好聽。

女巫：那我以後天天說給你聽。

漁夫：啊？天天說同一個故事呀？

女巫：我故事多著呢，一天說一個，一年也說不完。

漁夫：那，一年以後呢？回頭說舊的？

女巫：舊的有什麼不好，舊的故事，修修改改，又變成一個新的。

漁夫：我們是不是該回去了？

女巫：回哪兒去？我們已經到了！

漁夫：這裡是哪裡？

女巫：這兒，就是我跟你說的，那個神祕的地方，你看，落英繽紛、芳草鮮美。

漁夫：我覺得這樣的地方很常見。

女巫：但是，我一到了這邊，心情完全不一樣了！

漁夫：我們只不過是過了河，到了對岸。

女巫：這就是關鍵呀！我們原本都在那邊，把這邊視為對岸，不論重視、還是鄙視，理解還是想像，我們都不了解這邊的真相。現在，我們到了！

漁夫：我想回去。

女巫：回去幹什麼？貪官汙吏、猛虎苛政，來到這邊，他就管不到了。

漁夫：我的蓑衣留在家裡。

女巫：再編一個。

漁夫：我修船的工具也在家裡。

女巫：以後再也不撐船了。

漁夫：我的小屋在那邊。

女巫：我們可以在這邊搭一個。

漁夫：我的朋友在那邊。

（略一停頓。）

女巫：你的情人在這邊。

漁夫：我……

女巫：你你你，都想你自己。

漁夫：我娘的墳在那邊！

女巫：你娘都已經走了那麼多年了。

漁夫：慎終追遠，這是後代子孫應盡的孝道。

女巫：那……後代子孫，是不是也應該盡一盡傳宗接代的孝道呀？

漁夫：我……

女巫：聽我說，官府已經在追查我的下落，無論如何是回不去了。

漁夫：官府叫妳演戲，又有賞銀，不挺好的？何苦不要呢？

女巫：人活著，並非有錢就好。他叫你說什麼，你才能說什麼，這跟死了沒兩樣！專門演官府喜歡的東西，我覺得羞恥！人，得要按照自己的意思活才好。

漁夫：可是，我們永遠都不回去了，我……我捨不得……

女巫：相信我，我們要去的地方，什麼都不需要。

漁夫：不需要房子？

女巫：那兒，天就是屋頂，地，就是床褥。

漁夫：不需要錢財？

女巫：大自然生成的一切，所有人共同享有。

漁夫：不需要吃的喝的？

女巫：雲霧為食，雨露解渴。

漁夫：不……需要穿衣服？

女巫：從今以後，我們最不需要的就是衣服了！

漁夫：那……我們平常總要幹活兒吧？

女巫：沒活兒。

漁夫：總得做點什麼事兒吧？

女巫：你……想對我做什麼？

漁夫：我的意思是說……我們總得做點事兒吧？

女巫：是呀，我們有很多事兒……

漁夫：我是說，妳總該做一點什麼事兒吧？

女巫：我什麼都不做，我就一直癡癡的，看著你。

漁夫：妳……什麼事都不用做？就……一直看著……我？

女巫：癡癡的看著……

漁夫：這……聽起來……好可怕！

女巫：忘了過去、忘了從前、忘了那些人！忘了那些事！

漁夫：把以前都忘了，要怎麼記住現在？

女巫：把現在也忘了！

漁夫：沒有現在，也就沒有以後了。

女巫：把以後也忘了！

漁夫：全忘了？

女巫：忘了！全忘了！

漁夫：忘了過去？

女巫：忘了過去！

漁夫：忘了現在？忘了以後？

女巫：忘了忘了！

漁夫：忘了我？

女巫：忘了我！
漁夫：把妳也忘了？
女巫：就是不許忘了我！從今以後，你只需要記住……我！
漁夫：做人，好單純呀。

（女巫拾起地上的桃花，取出繡囊。）

女巫：看，這是桃花，我把桃花放在這個繡囊中，你好好收著。
漁夫：這，有什麼用意呢？
女巫：桃花只在春天開放，短短幾天就凋謝了。愛桃花，要趁它盛開的季節，不要撿拾地上殘破的花瓣，只能緬懷。
漁夫：這……
女巫：從前，有一隻傲慢的蝴蝶，來到一座繽紛的花園，各種盛開的花朵，都嬌豔的停在花梗上。蝴蝶覺得，喔！愛情來了！
漁夫：蝴蝶愛上哪一朵？
女巫：蝴蝶想愛誰就愛誰。牠在園中翩翩起舞，這裡停一停、那裡看一看。
漁夫：所謂穿花蝴蝶呀。
女巫：這朵太清麗、那朵太冶豔，這朵甜味不太足、那朵香氣太濃郁。

漁夫：盡量挑。

女巫：不同的季節過去，各種花朵都逐漸凋謝了。

漁夫：那，趕緊選定了吧？

女巫：枯枝上都沒有花了，蝴蝶飛呀飛呀，看到一戶人家，窗戶裡還有幾盆栽種的花。

漁夫：就是它了。

女巫：一個小孩抓住了蝴蝶，用大頭針把牠固定住，做成標本，裝進小盒子裡，蓋上玻璃蓋，放在盆栽旁邊。

漁夫：它們永遠作伴了。

女巫：蝴蝶這才看清楚，這株盆栽，是假花，塑膠做的！

漁夫：啊？

女巫：哼！我是驕傲的蝴蝶，我才不屑娶一朵假花呢！

漁夫：自己已經成了標本，還挑哪？

（頓。）

女巫：希望你聽懂這個故事。

漁夫：我……從來不認為自己是塑膠花。

女巫：你？我的天啊！故事白說了！你是蝴蝶！

漁夫：我？我怎麼是蝴蝶呢？

女巫：你是蝴蝶，我是花！

漁夫：喔……我沒意會過來。

女巫：真是的！說破了都沒意思了！

（頓。）

漁夫：你看我這人就是這樣，什麼事情，妳最好還是對我明說。

女巫：我對你的心意，以為你都知道。

漁夫：我……是呀，我都知道。

女巫：那不就結了。來，你看，過了這個山洞，我說的地方就在那邊，進去，把以前都忘了！

漁夫：那……會不會，我們也被忘了呢？

女巫：最好！從今以後，沒人記得我們。

漁夫：這樣……行嗎？

女巫：這樣太好了！

漁夫：喔……

女巫：看，這個小山洞，遠遠那頭，有光透過來，鑽過去，我們的未來，就在裡面。

漁夫：喔。

女巫：一次只能過一個人，我先，你跟在我後面。

漁夫：喔。

女巫：一會兒見。

漁夫：喔。

（女巫滿心歡喜，朝一側下。）

（燈漸暗，漁夫躊躇猶豫良久，朝反向另一側快速逃下。）

（燈全暗，本段結束。）

第七出　忘之忘

（燈漸亮，一個空台，意為河沿一處空地。）

（漁夫獨自走上，意興闌珊。他遊走，暫停，朗讀一封書信。）

（過程中，醉客飄然而上，一旁聆聽。）

漁夫：嗚呼！哀哉！

妳走了！我看不到妳了！我已經很多天看不到妳了！我找妳，我找不到妳，我已經很多天找不到妳了！我想妳，我好想妳，我特別想妳，我特別特別想妳！我想妳想了很多天了！

嗚呼！哀哉！

我不能忘了妳，我一定不能忘了妳，我就算忘了回家、忘了給我娘上墳，也不能忘了妳！

嗚呼！哀哉！

（醉客刻意出聲打斷。）

醉客：天哪！這是什麼玩意兒？

漁夫：請問，您說話那麼大聲幹嘛？

醉客：我？大聲？

漁夫：這河邊還有別人。

醉客：別人？誰？

漁夫：我！

醉客：你？你是什麼東西？

漁夫：我不是東西。

醉客：對！真不是個東西！

漁夫：我是個人。

醉客：你？是個人？

漁夫：當然是個人！

醉客：你念的什麼玩意兒？

漁夫：不要你管。

醉客：你寫的？

漁夫：我自己寫的文章。

醉客：你那叫文章啊？

漁夫：我把自己會寫的字，全部湊上了。

醉客：嗚呼哀哉又是怎麼回事？

漁夫：我娘下葬的時候，聽師父念的，覺得很傷心，就記下了。

醉客：就只有四個字的古文程度……

漁夫：什麼？

醉客：沒事兒，你想把這篇東西寫好？

漁夫：您願意幫我？

醉客：可是你文筆不成呀。

漁夫：我沒念過書，哪有什麼文筆可言？

醉客：我念過書，我幫你。

漁夫：別寫得文謅謅的，連我自己都看不懂？

醉客：我會衡量，寫得比原來好，但像是你寫的。

漁夫：那好。

醉客：你念，我改！

漁夫：我想妳很多天了……

醉客：妳走後的第一天，想妳。妳走後的第二天，想妳想妳。妳走後的第三天，想妳想妳想妳。

漁夫：她走了很多天了！

醉客：妳不能離開我超過三天，那是我的極限！

漁夫：如果超過了呢？

醉客：就只好忘了。

漁夫：啊？不能忘不能忘！我絕對不能忘了她！

醉客：當我枯萎的時候，就是死亡的時候。當我死亡的時候，就是重生的時候。當我重生的時候就是徹底忘記過去的時候。

漁夫：不能忘呀！

醉客：財產多了有負擔，人們可曾因為擔心未來過度富有而不累積財富？忘了吧！

漁夫：越多越好。

醉客：愛情多了有負擔，人們可曾因為擔心未來過度多情而不累積愛情？

漁夫：濫就濫吧。

醉客：書讀多了有負擔，人們可能因為擔心未來充滿智慧而不讀書？

漁夫：讀書……還是忘了吧……

（略一停頓。）

醉客：再說一次，來這裡，是為什麼？

漁夫：為了尋找鱷魚。

醉客：鱷魚？找牠幹嘛呀？

漁夫：找到牠，把自己餵給鱷魚吃。

醉客：這……恐怕不容易。

漁夫：為什麼？

醉客：多年前來了一個刺史，討厭鱷魚，把牠們都趕跑了。

漁夫：能把鱷魚趕跑？

醉客：當官兒的本事大，官大學問大，寫了一篇文章，把鱷魚趕跑了。

漁夫：寫文章就能趕鱷魚？

醉客：「鱷魚其不可與刺史雜處此土也！」

漁夫：聽不懂？

醉客：我不願意和鱷魚住在同一個地方。

漁夫：喔。

醉客：「冥頑不靈而為民物害者，皆可殺。」

漁夫：好像有點懂？

醉客：不滾蛋，殺！

漁夫：讀書人把文章寫得，一般人都……看不懂？

醉客：所以，就有人主張廢掉這些文章，或者，讓年輕人減輕負擔，課本上可以少讀這些文章。

漁夫：這很好。

醉客：但是他們忽略了一件事。

漁夫：是？

醉客：主張刪除古文的人，他們自己都是飽讀詩書的人，也因此具備了品味、判斷力。把古文從課本中減少、刪除，無非就是降低了年輕人的品味、判斷力。

漁夫：呃……

醉客：把古文比擬為鱷魚，加深了人們的厭惡感，好驅逐他們。但卻不知不覺的，下一代少讀了古文，被降格，自己變成冥頑不靈的、粗暴的鱷魚。

漁夫：這……

醉客：聽不懂？

漁夫：聽不懂。

醉客：真是好輕鬆呀！原來，徹底不讀書，可以活得這麼自在。

漁夫：嘿嘿！

醉客：是我想太多了。

漁夫：的確，您讀書人，有的時候就是想太多了。事情一點兒都不嚴重。

醉客：看來，我喝得不夠醉，頭腦還是太清楚呀！

（漁夫取出繡囊。）

漁夫：勞您駕，我寫的文章，就放在這繡囊裡，您剛才說的好些字我不會寫，可不可以請您幫我謄一謄？

醉客：為什麼要放在這裡呢？

漁夫：這是她留給我唯一的東西。走之前，她說了一個鱷魚的故事，我聽了很喜歡，所以想把自己送進鱷魚嘴裡，順水漂流，說不定就能再見到她。

醉客：我以為我喝醉了，原來你比我還瘋？

漁夫：您幫幫忙？

醉客：你喜歡鱷魚的故事？我也說一個。

漁夫：哦？

醉客：從前有一條鱷魚。

漁夫：從前真的有鱷魚？

醉客：從前鱷魚多得是。

漁夫：現在鱷魚去哪兒了？

醉客：人們不想看到鱷魚，於是就看不到了。

漁夫：人們為什麼不想看到鱷魚？

醉客：因為鱷魚做錯了事。

漁夫：哦？

醉客：一個賊，被鄉民們追打，倉皇的逃到水邊，眼看滾滾洪流，無計可施。

漁夫：活該，誰叫他做賊。

醉客：他偷了東西，卻不是壞人。因為荒年，地裡長不出東西，身無分文，於是在市場偷了一個餅，準備帶回家去給老娘吃。

漁夫：是個孝子。

醉客：沒想到被發現了，餅鋪的老闆娘，糾眾追打。

漁夫：一個餅就算了吧？

醉客：這時，水裡浮起一隻鱷魚。

漁夫：鱷魚來了。

醉客：孝子說「幫幫我！幫幫我！」

漁夫：鱷魚能幫什麼忙？

醉客：鱷魚說「你把你手上那塊餅給我吃，我才要幫你。」

漁夫：還講條件？

醉客：這種時候，也顧不得餅了。鱷魚張開大嘴，孝子躲進鱷魚嘴裡。

漁夫：這……好嗎？

醉客：鄉民們剛好追到水邊，就問鱷魚「你有沒有見到一個正在逃跑的賊？」

漁夫：這麼凶？

醉客：鱷魚說「有！」

漁夫：啊？

醉客：「剛才渡過河去了，你們應該追不上了。」

漁夫：喔……騙他們。

醉客：鄉民們知道追不上，悻悻然的就散了。

漁夫：不對呀？

醉客：怎麼？

漁夫：人不是就躲在牠嘴裡，怎麼說話呢？

醉客：牠把人嚥下去了！

漁夫：啊？

醉客：孝子在鱷魚肚子裡大喊「放我出去！放我出去！」

漁夫：那還出得去嗎？

醉客：鱷魚說「抱歉呀，你手上的餅，太香了，我忍不住，就嚥了。」

漁夫：你嚥餅，把人吐出來呀！

醉客：「吃了就吐不出來了，吃人，也是順便。」
漁夫：什麼？
醉客：「沒辦法，那是我的天性。」
漁夫：這畜生很討厭呀！
醉客：所以人們不喜歡鱷魚，不想看到牠。

（略一停頓，漁夫想通了。）

漁夫：好哇，我原以為自己可以投水，餵給鱷魚吃了，一了百了。現在，我不想死了！
醉客：這麼快就想通了？
漁夫：本來就很單純，我不該學你們讀書人，寫文章，把事情都寫複雜了。
醉客：很好。
漁夫：嘿嘿！
醉客：現在有什麼打算？
漁夫：我還回去打魚，專打鱷魚！
醉客：鱷魚能賣給誰呀？
漁夫：自有人要，麻辣、清蒸、醋溜、紅燒，死的做成皮包，活的給人耍弄。
醉客：下場淒涼啊。
漁夫：在哪兒呢？鱷魚！出來！鱷魚！給我出來！

（漁夫盲目的搜尋，下。）

（神祕氛圍的音樂，醉客舞動起來，邊舞邊說。）

醉客：人，在鱷魚的肚子裡，慢慢被消化。他，死得好不甘心哪！於是，就化作一個水鬼，靜靜等在水裡，等著抓交替……

（燈光變化，本段結束。）

第八出　夢無夢

（在神祕的音樂聲中，場上只剩醉客一人，舞蹈逐漸遲緩，終於，停了下來。上來一個人，一個普通的中年人，即將成為道士。）

（道士唱〈道情〉。）

道士：老漁翁，一釣竿，靠山崖，傍水灣，
扁舟來往無牽絆。
沙鷗點點清波遠，荻港蕭蕭白晝寒，
高歌一曲斜陽晚。
一霎時，波搖金影，驀抬頭，月上東山。

（燈光變化，兩人自然而然的聊開來。）

醉客：老漁翁獨自一人，好不寂寞，煮了魚、燙了酒，倒上兩杯，自飲一杯。
另一杯，祭了河水。

道士：把河水當作朋友了。

醉客：死在鱷魚肚子裡的水鬼，好幾次想要拉這個老漁翁入水，自己好去投胎。

道士：抓交替。

醉客：偏偏這漁翁非常義氣，有一天，水鬼決定現身。

道士：嚇一跳吧？

醉客：不，漁翁非常高興，真心的把水鬼當朋友，一人一鬼，經常喝到天亮。

道士：真成了朋友。

醉客：水鬼為了報答漁翁，就幫忙趕魚。

道士：漁翁在下游等，魚自動游進網裡。

醉客：不，相反，水鬼在下游，把魚往上游趕，魚兒，都是逆流而上！

道士：這……有什麼用意呢？

醉客：力爭上游的都去送死！

道士：啊？

醉客：不，逆流而上的魚有精神，個頭也比較大。

道士：喔。

醉客：有一天，水鬼向漁翁告辭，說「替死鬼明天要來了，我要去投胎了。」

道士：誰呀？

醉客：一個小媳婦，想不開，明天會來自盡。

道士：可憐。

醉客：第二天，水鬼見到這個女人，卻深感不捨。

道士：怎麼呢？

醉客：年紀輕輕，只因一時氣憤就來尋短，太不值了！她一死，她的丈夫不好過，她的父母公婆都活不下去，一串子人命呢！

道士：水鬼也有惻隱之心。

醉客：不但不抓交替，反而把那女人救上了岸，好言勸說，女人回家了。

道士：那……不投胎了？

醉客：想啊！每一個該死在水裡的人，都有他的故事，每一個故事，都讓水鬼不忍心，接連救起了好多人。

道士：水鬼成了水神了。

醉客：其他的妖魔不高興啊！

道士：怎麼呢？

醉客：你不投胎，讓給我們呀，你全都救了，我們還抓不抓替死的呀？

道士：水裡的妖魔很多？

醉客：但是大家都不是他的對手。

道士：為什麼？

醉客：水鬼因為救人，走上了正道，被救的人都到水邊來供奉祭拜，水鬼的法力就越來越大了。

道士：是囉。

醉客：終於有一天，玉皇大帝派人來宣旨了！

道士：什麼？

醉客：水鬼仁慈正直，派任為城隍爺！

道士：哇！

醉客：一幫妖魔也隨之皈依正道，追隨城隍，擔任三班衙役。

道士：嚄！

醉客：漁翁請來道士，在河邊舉辦七七四十九天的法事，恭送他的朋友，從水鬼變成城隍，風光上任。

道士：這個故事有意思！您從哪兒聽來的？

醉客：這是我自己的故事。

道士：您？

醉客：我就是那個水鬼。

道士：啊？

醉客：也就是那個城隍。

道士：哦？

醉客：說穿了，我也是那條鱷魚。

道士：嗯？

醉客：我更是這條河。

道士：啊。

醉客：無古無今，無始無終。

道士：這？

醉客：我就是開始、就是過程、就是結束。結束了，回頭又重新開始。

道士：您喜歡？

醉客：我……不滿意。反反覆覆，總是回到原點，跳脫不出去。

道士：當初是怎麼開始的？

醉客：當初就是……讀書、思考、反覆的讀書、反覆的思考。越想越鑽進去，難以自拔。

道士：換條路試試？

醉客：換了。飄在小船上，有酒、有菜，有朋友。朋友吹簫、唱歌。

道士：清風徐來，水波不興。

醉客：月出於東山之上，徘徊於斗牛之間。

道士：江上之清風，山間之明月。

醉客：鬧騰一整夜，在小船上睡著，天都亮了。

道士：開心。

醉客：後來又有一次，以為沒菜，朋友網到一條松江鱸魚。

道士：不錯了。

醉客：以為沒酒，還好老婆藏了一罈。

道士：賢妻。

醉客：又是一整夜。一隻仙鶴，橫江東來，嘎然長鳴，飛掠過小船，向西飛去。

道士：緣分。

醉客：你就到我的夢裡來了。

道士：原來，這是你的夢？

醉客：正是？

道士：我，為什麼會出現在你的夢裡呢？

醉客：因為，你就是這場夢。

道士：你是誰？

醉客：我是夢中之夢。

道士：既然夢境裡您不滿意，我是不是該做點什麼改變？

醉客：沒有用，就像這河水一樣，走在河邊，始終覺得它有一個方向，覺得它有個源頭、有個去處。下到水裡來，隨著漂流，你會赫然發現，又漂回原來的地方。

道士：意思是，做人，只好隨波逐流？

醉客：順流而下，不要急、不要慌，盡其所能而為之，萬一不符期望，總能漂回原點。

道士：倒也自在。

醉客：終究是圖個自在。

道士：這番話，可否說成個故事，留給後人傳說？

醉客：我的故事？

道士：是呀！

（醉客將繡囊打開，對著繡囊呼喊。）

醉客：「我的故事」……

道士：說吧！

醉客：「我……醉……了……」

道士：你醉了？然後呢？

醉客：說……完……了……

道士：這倒痛快。

醉客：人生如夢，只求一醉，豈不痛快？

道士：說得是！說得是！

醉客：那，故事就交給你囉？

道士：我該怎麼辦呢？

醉客：接著說下去呀！

道士：故事……說下去……

醉客：又或者……說回去？

（醉客將繡囊交給道士，飄然而下。）

（燈光變化，桌椅被擺設為全劇一開始的卦攤。道士入座。）

道士：（擊案）話說！涇河龍王變化成一位白衣秀士，往長安鬧市走來。龍王來到一個卦攤之前，說道「說得準，奉贈黃金五十兩，說不準，砸你招牌！」那算卦

先生氣定神閒，說道「所問何事？」龍王言道「明日是否下雨，能下多少？」算卦先生說「辰時佈雲、巳時發雷、午時下雨、未時雨足，得水三尺三寸零四十八點…………

（才子上，入座。）

道士：這位？是要問事？還是測字？
才子：我要遠行。

（對話戛然而止，燈全暗。）
（音樂起，優雅而愉悅，如潺潺河水，奔流不絕。）

（全劇終。）

附錄

因緣

鳩摩羅什，是西元第四世紀的佛教高僧，出生於西域，人生中的最後十幾年生活在長安，當時的王朝是「五胡十六國」時期的「姚秦」。鳩摩羅什是一位混血大帥哥，不足週歲就會說話、三歲識字、五歲讀書、七歲隨母親出家。是神童、思想家、語言學家、佛典翻譯家。

鳩摩羅什所翻譯的《金剛般若波羅密經》，是佛教最重要的典籍之一，也是影響文化生活最深最廣的哲學經典，俗稱《金剛經》。馮翊綱參與一次佛學讀書會時，探索《金剛經》師徒對話以劇本格式呈現的可能性，深受同學歡迎，認為有助於理解奧義。

「佛」與「須菩提」師徒，對眾生最具啟發性的對話，就是《金剛經》。阿難尊者「如是我聞」的記憶，果然有畫面！《金剛經》奇異的具足基本條件，這個劇本格式，就是依照鳩摩羅什的譯本，將「佛」與「須菩提」兩位「說話者」，依劇本形式架構起來。**特明體**的文字與標點符號，是為完善劇本所添加的，篇中絕大部分的文字是原典。

戲劇藝術就是語言的藝術，而劇本，不外乎兩大部分：角色的「語言」，與描述行動的「舞台指示」。昭明太子所作的三十二「分則」，就取消了，因為，沒法把一齣獨幕劇硬分成三十二「小場」，細碎而無意義。

對話過程裡，不斷提到「當來之世」、「若復有人」，也就是把你、我，這些未來的讀者、觀眾，早已寫進「經」裡。這部作品，不讀則罷，一讀，立即涉入其中。「解構」時間、空間，也「解構」讀者與文字的恆久關係，妙不可言！

吳承恩借用「如來」之名，請佛端坐在西天大雷音寺，等待唐僧師徒來取經；又借用「須菩提」之名，當了孫悟空的技能師父，教會他通天本領「觔斗雲」和「七十二變」。

說相聲、即非相聲、是名相聲。
說戲劇、即非戲劇、是名戲劇。
八萬四千法門，偶得一瞬露電。

金剛般若波羅蜜經

（如是我聞。）

（一時，佛在舍衛國祇樹給孤獨園，與大比丘眾千二百五十人俱。）

（爾時，世尊食時，著衣持缽，入舍衛大城乞食。於其城中，次第乞已，還至本處。飯食訖，收衣缽，洗足已，敷座而坐。）

（時，長老須菩提在大眾中，即從座起，偏袒右肩，右膝著地，合掌恭敬而白佛言。）

須菩提：希有！世尊！如來善護念諸菩薩，善付囑諸菩薩。世尊！善男子、善女人，發阿耨多羅三藐三菩提心，應云何住？云何降伏其心？

佛：（言）善哉，善哉！須菩提！如汝所說，如來善護念諸菩薩，善付囑諸菩薩。汝今諦聽，當為汝說。善男子、善女人，發阿耨多羅三藐三菩提心，應如是住，如是降伏其心。

須菩提：唯然。世尊！願樂欲聞。

佛：（告須菩提）諸菩薩摩訶薩應如是降伏其心！所有一切眾生之類，若卵生、若胎生、若濕生、若化生；若有色、若無色；若有想、若無想、若非有想非無想，我皆令入無餘涅槃而滅度之。如是滅度無量無數無邊眾生，實無眾生得滅度者。何以故？

須菩提！若菩薩有我相、人相、眾生相、壽者相，即非菩薩。

復次，須菩提！菩薩於法，應無所住，行於布施，所謂不住色布施，不住聲、香、味、觸、法布施。

須菩提！菩薩應如是布施，不住於相。何以故？若菩薩不住相布施，其福德不可思量。

須菩提！於意云何？東方虛空可思量不？

須菩提：不也，世尊！

佛：須菩提！南西北方四維上下虛空可思量不？

須菩提：不也，世尊！

佛：須菩提！菩薩無住相布施，福德亦復如是不可思量。

須菩提！菩薩但應如所教住。

須菩提！於意云何？可以身相見如來不？

須菩提：不也，世尊！不可以身相得見如來。何以故？如來所說身相，即非身相。

佛：（告須菩提）凡所有相，皆是虛妄。若見諸相非相，即見如來。

須菩提：（白佛言）世尊！頗有眾生，得聞如是言說章句，生實信不？

佛：（告須菩提）莫作是說。如來滅後，後五百歲，有持戒修福者，於此章句能生信心，以此為實，當知是人不於一佛二佛三四五佛而種善根，已於無量千萬佛所種諸善根，聞是章句，乃至一念生淨信者。須菩提！如來悉知悉見，是諸眾生得如是無量福德。何以故？是諸眾生無復我相、人相、眾生相、壽者相。無法相，亦無非法相。何以故？是諸眾生若心取相，即為著我、人、眾生、壽者。若取法相，即著我、人、眾生、壽者。何以故？若取非法相，即著我、人、眾生、壽者，是故不應取法，不應取非法。以是義故，如來常說，汝等比丘，知我說法，如筏喻者，法尚應捨，何況非法。

須菩提！於意云何？如來得阿耨多羅三藐三菩提耶？如來有所說法耶？

須菩提：（言）如我解佛所說義，無有定法名阿耨多羅三藐三菩提，亦無有定法，如來可說。何以故？如來所說法，皆不可取、不可說、非法、非非法。所以者何？一切賢聖，皆以無為法而有差別。

佛：須菩提！於意云何？若人滿三千大千世界七寶以用布施，是人所得福德，寧為多不？

須菩提：（言）甚多，世尊！何以故？是福德即非福德性，是故如來說福德多。

佛：若復有人，於此經中受持，乃至四句偈等，為他人說，其福勝彼。何以故？

須菩提！一切諸佛，及諸佛阿耨多羅三藐三菩提法，皆從此經出。

須菩提！所謂佛法者，即非佛法。

須菩提！於意云何？須陀洹能作是念「我得須陀洹果」不？

須菩提：（言）不也。世尊！何以故？須陀洹名為入流，而無所入；不入色、聲、香、味、觸、法。是名須陀洹。

佛：須菩提！於意云何？斯陀含能作是念「我得斯陀含果」不？

須菩提：（言）不也。世尊！何以故？斯陀含名一往來，而實無往來，是名斯陀含。

佛：須菩提！於意云何？阿那含能作是念「我得阿那含果」不？

須菩提：（言）不也。世尊！何以故？阿那含名為不來，而實無不來，是故名阿那含。

佛：須菩提！於意云何？阿羅漢能作是念「我得阿羅漢道」不？

須菩提：（言）不也。世尊！何以故？實無有法名阿羅漢。

世尊！若阿羅漢作是念「我得阿羅漢道」，即為著我、人、眾生、壽者。

世尊！佛說我得無諍三昧，人中最為第一，是第一離欲阿羅漢。

世尊！我不作是念，「我是離欲阿羅漢」。

世尊！我若作是念，「我得阿羅漢道」。世尊則不說須菩提是樂阿蘭那行者，以須菩提實無所行，而名須菩提，是樂阿蘭那行。

佛：（告須菩提）於意云何？如來昔在然燈佛所，於法有所得不？

須菩提：不也，世尊！如來在然燈佛所，於法實無所得。

佛：須菩提！於意云何？菩薩莊嚴佛土不？

須菩提：不也。世尊！何以故？莊嚴佛土者，即非莊嚴，是名莊嚴。

佛：是故，須菩提！諸菩薩摩訶薩應如是生清淨心，不應住色生心，不應住聲、香、味、觸、法生心，應無所住，而生其心。

須菩提！譬如有人，身如須彌山王，於意云何？是身為大不？

須菩提：（言）甚大。世尊！何以故？佛說非身，是名大身。

佛：須菩提！如恆河中所有沙數，如是沙等恆河，於意云何？是諸恆河沙，寧為多不？

須菩提：（言）甚多，世尊！但諸恆河，尚多無數，何況其沙！

佛：須菩提！我今實言告汝，若有善男子、善女人，以七寶滿爾所恆河沙數三千大千世界，以用布施，得福多不？

須菩提：（言）甚多，世尊！

佛：（告須菩提）若善男子、善女人，於此經中，乃至受持四句偈等，為他人說，而此福德勝前福德。

復次，須菩提！隨說是經，乃至四句偈等，當知此處，一切世間天、人、阿修羅，皆應供養，如佛塔廟。何況有人，盡能受持讀誦。

須菩提！當知是人，成就最上第一希有之法；若是經典所在之處，即為有佛，若尊重弟子。

（爾時，須菩提白佛言。）

須菩提：世尊！當何名此經？我等云何奉持？

佛：（告須菩提）是經名為《金剛般若波羅密》，以是名字，汝當奉持。所以者何？

須菩提！佛說般若波羅密，即非般若波羅密，是名

般若波羅密。

須菩提！於意云何？如來有所說法不？

須菩提：（白佛言）世尊！如來無所說。

佛：須菩提！於意云何？三千大千世界所有微塵，是為多不？

須菩提：（言）甚多。世尊。

佛：須菩提！諸微塵，如來說非微塵，是名微塵。如來說世界非世界，是名世界。

須菩提！於意云何？可以三十二相見如來不？

須菩提：不也。世尊！不可以三十二相得見如來。何以故？如來說三十二相，即是非相，是名三十二相。

佛：須菩提！若有善男子、善女人，以恆河沙等身命布施，若復有人，於此經中，乃至受持四句偈等，為他人說，其福甚多！

（爾時，須菩提聞說是經，深解義趣，涕淚悲泣，而白佛言。）

須菩提：希有！世尊。佛說如是甚深經典，我從昔來所得慧眼，未曾得聞如是之經。

世尊！若復有人得聞是經，信心清淨，即生實相。當知是人成就第一希有功德。

世尊！是實相者，即是非相，是故如來說名實相。
世尊！我今得聞如是經典，信解受持，不足為難，若當來世後五百歲，其有眾生，得聞是經，信解受持，是人即為第一希有。何以故？此人無我相、無人相、無眾生相、無壽者相，所以者何？我相，即是非相；人相、眾生相、壽者相，即是非相。何以故？離一切諸相，即名諸佛。

佛：（告須菩提）如是、如是！若復有人，得聞是經。不驚、不怖、不畏，當知是人，甚為希有。何以故？
須菩提！如來說第一波羅密。即非第一波羅密，是名第一波羅密。
須菩提！忍辱波羅密，如來說非忍辱波羅密，是名忍辱波羅密。何以故？
須菩提！如我昔為歌利王割截身體，我於爾時，無我相、無人相、無眾生相、無壽者相。何以故？我於往昔節節支解時，若有我相、人相、眾生相、壽者相。應生嗔恨。
須菩提！又念過去於五百世，作忍辱仙人，於爾所世，無我相、無人相、無眾生相、無壽者相。
是故，須菩提！菩薩應離一切相，發阿耨多羅三藐三菩提心，不應住色生心。不應住聲、香、味、

觸、法生心，應生無所住心。若心有住，即為非住。是故佛說菩薩心，不應住色布施。

須菩提！菩薩為利益一切眾生故，應如是布施。如來說一切諸相，即是非相；又說一切眾生，即非眾生。

須菩提！如來是真語者、實語者、如語者、不誑語者、不異語者。

須菩提！如來所得法，此法無實無虛。

須菩提！若菩薩心住於法，而行布施，如人入闇，即無所見。若菩薩心不住法，而行布施，如人有目，日光明照，見種種色。

須菩提！當來之世，若有善男子、善女人，能於此經受持讀誦，即為如來以佛智慧，悉知是人，悉見是人，皆得成就無量無邊功德。

須菩提！若有善男子、善女人，初日分以恆河沙等身布施；中日分復以恆河沙等身布施；後日分亦以恆河沙等身布施，如是無量百千萬億劫，以身布施。若復有人，聞此經典，信心不逆，其福勝彼。何況書寫、受持、讀誦、為人解說。

須菩提！以要言之，是經有不可思議，不可稱量，無邊功德，如來為發大乘者說，為發最上乘者說。若有人能受持讀誦，廣為人說，如來悉知是人，悉

見是人，皆得成就不可量、不可稱、無有邊、不可思議功德，如是人等，即為荷擔如來阿耨多羅三藐三菩提。何以故？

須菩提！若樂小法者，著我見、人見、眾生見、壽者見，即於此經不能聽受讀誦，為人解說。

須菩提！在在處處，若有此經，一切世間天、人、阿修羅所應供養，當知此處，即為是塔，皆應恭敬，作禮圍繞，以諸華香而散其處。

復次，須菩提！若善男子、善女人，受持讀誦此經，若為人輕賤，是人先世罪業，應墮惡道。以今世人輕賤故，先世罪業，即為消滅，當得阿耨多羅三藐三菩提。

須菩提！我念過去無量阿僧祇劫，於燃燈佛前，得值八百四千萬億那由他諸佛，悉皆供養承事，無空過者。若復有人，於後末世，能受持讀誦此經，所得功德，於我所供養諸佛功德，百分不及一，百千萬億分，乃至算數譬喻所不能及。

須菩提！若善男子、善女人，於後末世，有受持讀誦此經，所得功德，我若具說者，或有人聞，心即狂亂，狐疑不信。須菩提！當知是經義不可思議，果報亦不可思議。

（爾時，須菩提白佛言。）

須菩提：世尊，善男子、善女人，發阿耨多羅三藐三菩提心，云何應住？云何降伏其心？

佛：（告須菩提）善男子、善女人，發阿耨多羅三藐三菩提心者，當生如是心，「我應滅度一切眾生；滅度一切眾生已，而無有一眾生實滅度者」。何以故？

須菩提！若菩薩有我相、人相、眾生相、壽者相，即非菩薩。所以者何？

須菩提！實無有法，發阿耨多羅三藐三菩提心者。

須菩提！於意云何？如來於燃燈佛所，有法得阿耨多羅三藐三菩提不？

須菩提：不也。世尊！如我解佛所說義，佛於燃燈佛所，無有法得阿耨多羅三藐三菩提。

佛：（言）如是！如是！須菩提！實無有法，如來得阿耨多羅三藐三菩提。

須菩提！若有法如來得阿耨多羅三藐三菩提者，燃燈佛即不與我授記，「汝於來世，當得作佛，號釋迦牟尼。」以實無有法得阿耨多羅三藐三菩提，是故燃燈佛與我授記，作是言，「汝於來世，當得作佛，號釋迦牟尼。」何以故？如來者，即諸法如義。

若有人言，如來得阿耨多羅三藐三菩提。

須菩提！實無有法，佛得阿耨多羅三藐三菩提。

須菩提！如來所得阿耨多羅三藐三菩提，於是中無實無虛。是故如來說一切法，皆是佛法。

須菩提！所言一切法者，即非一切法，是故名一切法。

須菩提！譬如人身長大。

須菩提：（言）世尊！如來說人身長大，即為非大身，是名大身。

佛：須菩提！菩薩亦如是。若作是言，「我當滅度無量眾生。」即不名菩薩。何以故？

須菩提！實無有法，名為菩薩。是故佛說，「一切法，無我、無人、無眾生、無壽者。」

須菩提！若菩薩作是言，「我當莊嚴佛土。」是不名菩薩。何以故？如來說莊嚴佛土者，即非莊嚴，是名莊嚴。

須菩提！若菩薩通達無我法者，如來說名真是菩薩。

須菩提！於意云何？如來有肉眼不？

須菩提：如是，世尊！如來有肉眼。

佛：須菩提！於意云何？如來有天眼不？

須菩提：如是，世尊！如來有天眼。

佛：須菩提！於意云何？如來有慧眼不？

須菩提：如是，世尊！如來有慧眼。

佛：須菩提！於意云何？如來有法眼不？

須菩提：如是，世尊！如來有法眼。

佛：須菩提！於意云何？如來有佛眼不？

須菩提：如是，世尊！如來有佛眼。

佛：須菩提！於意云何？如恆河中所有沙，佛說是沙不？

須菩提：如是，世尊！如來說是沙。

佛：須菩提！於意云何？如一恆河中所有沙，有如是沙等恆河，是諸恆河所有沙數，佛世界如是，寧為多不？

須菩提：甚多，世尊！

佛：（告須菩提）爾所國土中，所有眾生若干種心，如來悉知。何以故？如來說諸心，皆為非心，是名為心。所以者何？

須菩提！過去心不可得，現在心不可得，未來心不可得。

須菩提！於意云何？若有人滿三千大千世界七寶，以用布施，是人以是因緣，得福多不？

須菩提：如是，世尊！此人以是因緣，得福甚多。

佛：須菩提！若福德有實，如來不說得福德多；以福德無故，如來說得福德多。

須菩提！於意云何？佛可以具足色身見不？

須菩提：不也，世尊！如來不應以具足色身見。何以故？如來說具足色身，即非具足色身，是名具足色身。

佛：須菩提！於意云何？如來可以具足諸相見不？

須菩提：不也，世尊！如來不應以具足諸相見。何以故？如來說諸相具足，即非具足，是名諸相具足。

佛：須菩提！汝勿謂如來作是念，「我當有所說法。」莫作是念！何以故？若人言如來有所說法，即為謗佛，不能解我所說故。

須菩提！說法者，無法可說，是名說法。

（爾時，慧命須菩提白佛言。）

須菩提：世尊！頗有眾生，於未來世，聞說是法，生信心不？

佛：（言）須菩提！彼非眾生，非不眾生。何以故？

須菩提！眾生，眾生者，如來說非眾生，是名眾生。

須菩提：（白佛言）世尊！佛得阿耨多羅三藐三菩提，為無所得耶？

佛：（言）如是！如是！須菩提！我於阿耨多羅三藐三菩提，乃至無有少法可得，是名阿耨多羅三藐三菩提。

復次，須菩提！是法平等，無有高下，是名阿耨多羅三藐三菩提。以無我、無人、無眾生、無壽者，修一切善法，即得阿耨多羅三藐三菩提。

須菩提！所言善法者，如來說即非善法，是名善法。

須菩提！若三千大千世界中，所有諸須彌山王，如是等七寶聚，有人持用布施。若人以此般若波羅密經，乃至四句偈等，受持讀誦，為他人說，於前福德，百分不及一，百千萬億分，乃至算數譬喻所不能及。

須菩提！於意云何？汝等勿謂如來作是念，「我當度眾生。」

須菩提！莫作是念！何以故？實無有眾生如來度者，若有眾生如來度者，如來即有我、人、眾生、壽者。

須菩提！如來說有我者，即非有我，而凡夫之人，以為有我。

須菩提！凡夫者，如來說即非凡夫，是名凡夫。

須菩提！於意云何？可以三十二相觀如來不？

須菩提：（言）如是！如是！以三十二相觀如來。

佛：（言）須菩提！若以三十二相觀如來者，轉輪聖王即是如來。

須菩提：（白佛言）世尊！如我解佛所說義，不應以三十二相觀如來。

（爾時，世尊而說偈言。）

佛：若以色見我
以音聲求我
是人行邪道
不能見如來
須菩提！汝若作是念，「如來不以具足相故，得阿耨多羅三藐三菩提。」
須菩提！莫作是念，「如來不以具足相故，得阿耨多羅三藐三菩提。」
須菩提！汝若作是念，「發阿耨多羅三藐三菩提心者。說諸法斷滅。」
莫作是念！何以故？發阿耨多羅三藐三菩提心者，於法不說斷滅相。
須菩提！若菩薩以滿恆河沙等世界七寶，持用布施。若復有人，知一切法無我，得成於忍。此菩薩勝前菩薩所得功德。何以故？
須菩提！以諸菩薩不受福德故。

須菩提：（白佛言）世尊！云何菩薩不受福德？

佛：須菩提！菩薩所作福德，不應貪著，是故說不受福德。

須菩提！若有人言，「如來若來、若去、若坐、若臥。是人不解我所說義。何以故？如來者，無所從來，亦無所去，故名如來。

須菩提！若善男子、善女人，以三千大千世界碎為微塵，於意云何？

是微塵眾，寧為多不？

須菩提：（言）甚多，世尊！何以故？若是微塵眾實有者，佛即不說是微塵眾。

所以者何？佛說微塵眾，即非微塵眾，是名微塵眾。

世尊！如來所說三千大千世界，即非世界，是名世界。何以故？若世界實有者，即是一合相。如來說一合相，即非一合相，是名一合相。

佛：須菩提！一合相者，即是不可說，但凡夫之人，貪著其事。

須菩提！若人言，「佛說我見、人見、眾生見、壽者見。」

須菩提！於意云何？是人解我所說義不？

須菩提：不也，世尊！是人不解如來所說義。何以故？世尊說我見、人見、眾生見、壽者見，即非我見、人

見、眾生見、壽者見，是名我見、人見、眾生見、壽者見。

佛：須菩提！發阿耨多羅三藐三菩提心者，於一切法，應如是知，如是見，如是信解，不生法相。

須菩提！所言法相者，如來說即非法相，是名法相。

須菩提！若有人以滿無量阿僧祇世界七寶，持用布施。若有善男子、善女人，發菩提心者，持於此經，乃至四句偈等，受持讀誦，為人演說。其福勝彼。云何為人演說？不取於相，如如不動。何以故？

（佛說偈言。）

一切有為法　　如夢幻泡影
如露亦如電　　應作如是觀

（佛說是經已。）

（長老須菩提及諸比丘、比丘尼、優婆塞、優婆夷，一切世間天、人、阿修羅，聞佛所說，皆大歡喜，信受奉行。）

後記

橫印的《鱷魚不見了》，是部感觸良多的抒發。寫實？象徵？荒謬？其實也都不是，對教育制度刪除古文起反應，也進行一點自我創作態度的探索。藉用形式，參考了我師父賴聲川博士的知名鉅著《圓環物語》。這齣戲，將於二〇二三年搬上舞台，當然是【相聲瓦舍】執行製作、展演。

順便，把對《金剛經》做的一份功課，也記錄在此。

或許是期限到了，也或許是寫戲興奮過頭，就在兩部寫成、二〇二〇秋天即將再度開學前夕，我的心血管毛病復發，悶痛多日，再次接受心導管手術，裝置兩枚支架，使得總數來到四根。

回頭一想，是呀，哪有那麼好的事？不做事、不教書、不演戲，空下來寫劇本？歷史必將記錄的黑色紀元，世人面對的大疫終會消退，個人面對的體膚之痛也或許暫得緩解。擊不倒的，是躍躍的創作之情，真乃不醉不歡暢、不愛不痛悔、不眠不知燈將盡。